KB036104

외출했다가 귀가한 데일과
딱 맞닥뜨렸다.
심장 고동이 시끄러웠다.
양손으로 뺨을 누르자
뜨거워진 것을 알 수 있었다.
귀까지 빨개졌을 것이다.
라티나는 발소리를 죽이는 것조차 잊고서
다락방으로 뛰어 올라갔다.

"어?"
간결하게 울린 말의 내용을
이해할 수 없다는 듯이
라티나는 커다란 눈을 깜박였다.

"좋아해!"

후일 완성된 그림 한 장에는
날개를 지닌 환수에게 수호받는
화관을 쓴 아름다운 소녀라는,
그녀의 이명을 구현한 듯한 모습이 그려져 있었다.
매끄러운 고급 실크가 만들어 낸 실루엣에는
미약한 여성스러움의 편린이 있었다.
우아하게 미소 지은 표정도 앳되다고는 할 수 없었다.

우리 딸을 위해서라면,
나는 마왕도 쓰러뜨릴 수
있을지 몰라.

4

For my daughter,
I might defeat
even the archenemy.

저자 CHIROLU

일러스트 Kei

옮긴이 송재희

For my daughter,
I might defeat even the archenemy.

Contents

1. 백금의 소녀, 멀어지는 거리.

라티나의 고백 미수가 폭발하고 종료된 『빨강의(아흐마르) 신 밤 축제』 대참사가 지나고 그 다음 날. 아침부터 『춤추는 범고양이』 한편에서는 무겁고 절망적인 분위기가 감돌고 있었다.

언제나처럼 매일 반복해온 아침 식사 풍경.

—하지만 그곳에 항상 미소를 흩뿌렸던 소녀의 모습은 없었다.

아직 분위기 파악이라는 것을 모르는 어린아이(테오)가 아무렇지도 않게 상심한 데일의 마음을 후볐다.

"누나는?"

크게 움찔한 데일을 개의치 않고 테오는 엄마를 올려다보며 불만스럽게 입을 삐죽였다. 그에게 『정말 좋아하는 누나』가 없는 이 상황은 『이상 사태』였다. 의문은 당연했다.

"한동안 라티나는 「휴가」야."

"왜~?"

"휴가니까."

"뷔는?"

"그러고 보니 어제부터 모습이 안 보이네. 놀러 간 게 아닐까?"

빈트가 홀연히 밖으로 놀러 나가는 것은 비교적 자주 있는 일이었기에 다들 그다지 신경 쓰지 않았다. 라티나의 매정한 태도에 대한 울분이라도 풀러 갔을 것이다. 어리긴 해도 환수였고, 묘하게 요령이 좋은 짐승이었다. 간단히 어떻게 되지는 않으리라는 안도감 같은 것이 있었다.

아침을 함께 먹는다.

지금까지 데일과 라티나에게는 그것이 『당연』한 일이었다. 데일이 일 때문에 크로이츠에 없을 때는 무리였지만 그때 말고는 반드시 그렇게 해왔었다.

그러나 오늘 아침 데일이 일어나 아래층으로 내려왔을 때는, 이미 라티나의 모습은 『범고양이』에서 볼 수 없었다.

데일은 어젯밤 잠자리에 들면서 이제 라티나도 한창때 여자애니까 거리를 두는 것도 어쩔 수 없다고, 눈물을 흘리며 자신을 납득시켰었다. 하지만 설마 『당연』할 터였던 아침 식사 자리에마저 라티나의 모습을 볼 수 없을 줄은 생각도 못 했다.

“누나는~?”

테오가 되풀이할 때마다 데일의 표정은 미묘한 형태로 일그러져 갔으나, 리타의 미소는 전혀 흔들리지 않았다.

부지런한 조수가 없는 만큼 배로 증가한 일에 치이면서 케니스는 역시 아내를 화나게 해서는 안 되겠다고 재확인했다.

그 무렵 라티나는 『뒷골목 빵집』이라고 불리는 가게 안에 있었다.

소꿉친구의 집이기도 했다.

"우리야 고맙지만 정말로 괜찮아?"

"응. 모처럼 생긴 기회니까 제빵도 본격적으로 배워 오라고 케니스도 말해줬어. 마르셀, 일손이 부족하다고 했으니까, 안 될지도 모르지만 부탁해보려고 왔는데…… 아침 일찍부터 미안해."

각 가정의 아침 식사 시간에 갓 구운 빵을 제공하는 이 가게의 개점 시간은 매우 일렀다.

갓 구운 빵의 향기로운 냄새로 가득한 점내에서, 가게 사람들의 아침 식사 자리에 섞여 앉은 라티나는 친구의 가족에게 미소를 보냈다.

바로 어제 그런 일이 있었던지라 라티나는 데일의 얼굴을 볼 용기가 나지 않았다.

그녀는 데일이 자신의 말을 『고백』으로 받아들이지 않았다는 사실을 확실하게 알고 있었다. 그래도 힘껏 쥐어짠 용기가 헛수고로 돌아갔다는 부끄러움도 포함하여, 아직 마음의 준비가 되어 있지 않은 상태였다.

리타와 케니스는 시간을 두면 된다면서 『범고양이』 일을 쉬게 해주었다. 하지만 방에서 멍하니 있으면 괜한 일을 생각해버리고 만다. 게다가 가게 안에 있으면 아무래도 데일과 얼굴을 마주하게 되었다.

어떻게 할까 생각하다가 친구가 흘렸던 한마디를 떠올렸다. 『밤 축제』에서 만났을 때, 마르셀은 가게에서 일하는 여성이 출산으로 쉬고 있어서 일손이 부족하다는 말을 했었다.

그렇다면, 하고 라티나는 밑져야 본전이라는 마음으로 아침부터 친구네 집을 방문한 것이었다. 케니스에게는 『범고양이』를 나오기 전에 분명하게 상담하고 왔다. 데일에게도 케니스가 잘 말해줄 것이다.

출산은 여성에게 엄청난 일이다. 하지만 일반 서민은 그것을 이유로 장기간 일을 쉴 수 없었다. 복지 제도나 보조금 등이 있을 리도 없기에, 생활비를 벌어야만 했다.

그래서 마르셀의 집인 『뒷골목 빵집』에서도 출산 때문에 생긴 결원을 새로운 고용으로 쉽사리 메꿀 수는 없었다. 라티나의 제안은 그의 집에도 고마운 이야기였다.

"그럼 일주일이라는 짧은 기간이지만 잘 부탁드립니다."

무엇보다도 여러 해 접객업으로 단련된 라티나의 미소는 매우 호감도가 높은 매력적인 것이었다.

라반드국에서 주식은 빵이다.

『뒷골목 빵집』이 취급하는 빵은 그 종류가 많지만 대부분 식사빵이라고 불러야 하는 종류였다. 형태, 재료인 밀가루 배합, 표면에 붙은 풍부한 풍미의 씨앗 종류. 그런 차이를 통해 다양한 빵을 만들고 있었다.

반죽 안에 견과나 향신료가 들어가는 것도 있지만, 간식빵이나 조리빵이라고 불릴 만한 것은 기본적으로 취급하지 않았다.

어제 『밤 축제』 때 팔았던 속 재료를 끼운 빵은 점심때만 팔고 있었다. 이곳 동구에는 상점 종업원이나 장인으로 일하는 여성도 많아, 가벼운 식사의 수요가 많은 지구였다.

"다음은 쿠키네. 모든 가격을 외울 때까지는 시간이 걸리겠지만……."

"응? 괜찮아. 이 가게에는 몇 번이나 왔는걸. 기억하고 있어."

정식으로 가게 상품을 설명하던 마르셀은 라티나의 그 대답을 듣고 한순간 말문이 막혔다. 하지만 이내 친구의 비범함을 떠올리고 생각을 고쳤다.

이 소녀와 오랫동안 친구로 지내다 보면 좋든 싫든 그런 부분도 쉽게 받아들이게 되었다.

"계산도…… 라티나라면 문제없겠네."

"『범고양이』에서도 계산을 처리하고 있으니까."

금전 등록기 같은 도구가 없는 이상, 주된 계산 수단은 암산이었다. 계산을 위한 보조 도구가 있기야 있지만 그다지 쓰이는 일은 없었다. 라티나의 그 대답은 판매 업무라면 그녀를 바로 전력으로 쓸 수 있다는 뜻이기도 했다.

또한 그녀는 점주에게 아들의 소꿉친구로서 어느 정도 신뢰받고 있었다. 금전 출납도 해야 하는 점원 일을 즉시 맡긴 점에서도 그 사실이 엿보였다.

가게 입구에 달린 종이 딸랑딸랑 울리며 문이 열리자 라티나는 씩씩하고 밝게 외쳤다.

"어서 오세요!"

"음? 못 보던 아가씨네. 새로운 점원인가?"

"한동안 일손을 돕게 됐어요. 잘 부탁드립니다. 어떤 걸로 하시겠어요?"

가게에 들어온 노파는 낯선 점원의 모습을 보고 놀란 것 같았지만 이내 라티나의 웃는 얼굴에 이끌려 함께 미소 지었다.

"나는 늘 이것만 사."

"그러시군요. 항상 감사합니다."

노파가 가리킨 빵을 봉지에 넣어 내밀고 동전을 받았다.

"마르셀이랑 비슷한 또래려나?"

"마르셀과는 같이 학교에 다녔어요."

라티나는 노파의 탐색하는 말에도 전혀 동요하지 않고 미소를 돌려주었다.

그런 대화에 식은땀을 흘리는 것은 갓 구워진 빵을 가게 앞으로 옮기던 마르셀이었다. 무책임한 소문의 단편이 『보호자(데일)』나 『죽마고우(루디)』에게 전해진다면 자신의 안전이 위험했다.

주식인 만큼 대다수의 사람은 『늘 이용하는 빵집』을 정해두고 있었다. 아주 가끔 다른 가게 빵을 먹어보자는 생각을 하기는 해도 『매일 먹는 맛』이라는 것은 각자 정해져 있었다.

그래서 이 가게에 오는 손님도 다수가 단골손님이었다.

아침 피크가 지나고 이어서 바빠지는 시간은 역시 점심때였다. 그동안 라티나가 부질없이 멍하니 시간을 보낼 수도 없는지라, 그녀는 가게 주변 청소 등 할 수 있는 일을 찾아서 바지런히 일했다.

어릴 때부터 동구를 놀이터 삼아 지냈기에 아는 친구가 우연히 지나가기도 했다. 하지만 역시 그녀를 모르는 자가 다수였다.

어느 정도는 예상한 일이었으나 라티나가 청소하는 동안, 처음 내점한 남자 손님이 미묘하게 증가했다.

그렇게 일하면서 틈틈이 라티나는 빵이 만들어지는 모습을 흥미롭게 바라보았다. 아직 첫날이기도 해서 작업장 출입은 허락받지 못했지만, 여러 해 케니스의 조수로 일한 라티나는 마르셀네 아빠가 주된 작업을 하고 마르셀이 보조하는 그들의 거리나 동선을 확인하는 것도 잊지 않았다.

급료는 필요 없으니 제빵의 기초를 가르쳐줬으면 좋겠다. ―라티나가 친구에게 부탁한 것은 그녀다운 그런 내용이었다.

본래 『제빵』 기술도 일종의 기업 비밀이라고 할 수 있었다. 아무한테나 가르쳐주는 것이 아니었다.

마르셀이 그래도 부모에게 라티나의 그 부탁을 들어달라고 한 것은 『학교』에 다닐 때 그녀의 이야기를 들었기 때문이었다. 그녀의 고향인 『바실리오』에는 빵을 먹는 문화가 없다고 한다. 라티나는 라반드국에 와서 처음으로 빵을 먹은 것이었다.

『빵이 없는 나라』가 있다니, 마르셀에게는 생각한 적도, 상상한 적도 없는 세계였다. 그리고 자신의 친구는 그렇게 전혀 다른 나라에서 태어난 소녀였다.

그런 라티나가 품은 『빵이 어떻게 만들어지는가.』라는 의문에 대답해주고 싶다고, 태어났을 때부터 빵과 함께한 소년은 생각했다.

라티나는 바쁜 점심 피크도 어떻게든 넘길 수 있었다. 역시 베테랑급 솜씨에는 못 미쳤지만, 첫날치고는 상당히 일한 편이었다. 피크가 지나고 휴식 시간을 얻은 라티나는 점심용으로 제공받은 빵을 입안 가득 넣었다. 매우 행복해 보이는 그녀의 모습을 보고 마르셀의 부모도 미소 지었다.

『뒷골목 빵집』의 영업은 해가 지기 전에 끝난다. 일반 가정이 저녁용 빵을 사는 시간을 지나서까지 가게를 열고 있어도 손님은 오지 않고, 방범 상으로도 위험했다. 무엇보다 다음 날도 아침 일찍부터 작업을 해야 했다.

폐점 작업을 끝낸 뒤, 라티나는 다음 날 재료를 준비하는 마르셀 가족의 모습을 엿보았다. 그러다 더는 참을 수 없었는지 몇 가지 질문을 입에 담았다. 제빵의 핵심이라고도 할 수 있는 효모와 그것을 이용한 이스트 사용법은 특히나 신경 쓰이던 부분이었다. 부드러워 보이는 반죽을 주무르는 일은 기분 좋을 것 같았고, 모양을 갖춘 빵이 나열되어가는 모습을 보는 것도 즐거웠다. 하지만 그것만으로는 빵이 만들어지지 않는다는 사실을 라티나는 잘 알고 있었다. 무엇보다 절차와 사전 준비가 중요하다는 것은 여러 해에 걸쳐 케니스에게 가르침 받은 사실이었다.

라티나는 기본적으로 『새로운 것을 배우는』 일을 좋아했다.

그렇기에 『뒷골목 빵집』에서 귀가하는 그녀는 살짝 기분이 좋았다.

직접 관여할 수는 없었지만, 제빵 공정을 옆에서 볼 수 있었던 것은 그녀의 호기심을 매우 만족시켰다. 그뿐만이 아니라 평소 『범고양이』의 접객과는 상이한 손님층과 업무 내용은 무척 신선한 체험이었다. 내일도 아침 일찍부터 빵 만드는 모습을 보여주겠다고 약속받았다. 평소라면 케니스와 함께 『범고양이』의 밤 영업시간에도 일했겠지만, 오늘은 일찍 쉬는 편이 좋을 것 같았다.

그런 생각을 하며 걷다 보니 익숙한 『춤추는 범고양이』 앞까지 돌아왔다. 라티나의 모습을 발견한 단골손님이 묘하게 어색한 얼굴을 하거나 쓴웃음을 짓고 있다는 사실은 알아차리지 못하고, 그녀는 그대로 뒤편으로 돌아갔다.

"케니스, 다녀왔어!"

"그래."

"바빠 보이네. 역시 도울까?"

"아니, 휴가는 휴가야. 그 부분은 확실히 해둬."

매우 바빠 보이는 주방에서 홀로 분투하는 케니스의 모습을 보고 라티나가 미안해하며 말하자 케니스는 웃으며 그렇게 대답했다.

그렇게나 침울해 있던 라티나가 꽤 후련해진 표정으로 돌아온 것에 케니스는 안도하고 있었다.

기분 전환 방법도 근로라니, 얼마나 일을 좋아하는 것인가 싶어서 기가 막히기도 하지만, 자신도 요리는 일이며 취미이므로 그다지 큰 차이는 없을지도 모른다.

"저녁은 홀에서 먹을래?"

"테오는? 리타에게도 폐 끼치고 있고…… 밤 정도는 내가 테오를 돌볼게."

"그럼 부탁해. 테오라면 장모님 댁에 맡겼어. 슬슬 돌아올 거야."

케니스의 장인과 장모인 리타의 부모는 젊은 부부가 가게를 이어받은 것을 계기로 남구 주택가에서 살고 있었다.

평소 가게에 모습을 보이는 일은 없지만, 지금도 가끔 일손이 부족할 때면 테오를 봐주거나 가게의 『초록의 신 출장소』 업무를 도와주었다. 오늘은 빈트도 없었기에 한창 말 안 들을 나이인 아들을 맡긴 것이었다. 이것이 매일 반복되면 테오의 할머니인 장모의 체력이 버틸 수 없으므로 꼭 필요할 때만 부탁할 수 있는 수단이었다.

잠시 후 귀가한 테오는 환성을 지르며 라티나 곁으로 달려왔다.

"누나!"

돌아보지도 않고 라티나 쪽으로 가버린 손자의 모습을 보고, 데려다준 테오의 할아버지가 약간 시무룩해졌다.

"테오, 목욕은?"

"아직~."

"그럼 밥 먹기 전에 목욕부터 해야겠네."

테오의 할하버지를 배웅한 뒤에 라티나는 테오와 손을 잡고 주방으로 들어갔다.

"머리 감는 거 시러."

"안 돼. 감겨줄 테니까 얌전히 있으렴."

테오는 입으로는 그렇게 말하면서도 라티나에게 찰싹 달라붙어서 응석을 부렸다. 아침부터 『정말 좋아하는 누나』에게 어리광 부릴 수 없었던 그는 하루 치를 되찾을 생각인 모양이었다.

일하면서 짬짬이 그런 두 사람의 모습을 보는 케니스의 얼굴에 저도 모르게 쓴웃음이 떠올랐다. 정말로 제 아들은 누나를 너무 좋아했다. 다만 부모인 자신들이 엄격한 만큼, 라티나처럼 응석을 받아주는 존재가 있어도 좋지 않을까 싶었다.

그건 그렇고, 라티나가 돌아온 것만으로도 공기라고 할까, 주위 분위기가 온화해졌다. 역시 그녀의 그런 선천적인 기질은 귀중한 미덕이라고 할 수 있었다.

라티나는 테오가 옷을 갈아입기를 기다리고서 뒤편 욕실로 향했다. 역시 그 뒤에는 테오가 강아지처럼 쫄레쫄레 쫓아가고 있었다.

눈에 비누가 들어가는 것을 싫어하여 머리를 안 감으려고 하는 테오는 케니스가 머리를 감자고 하면 난리를 쳤다. 엄마인 리타의 경우에는 호되게 야단맞아 반쯤 울상이 되는 것이 일과였다. 그에 반해 라티나에게는 순순하고 얌전해서 매우 잘 씻는 것 같았다.

부모로서는 아주 편했다.

"누나."

"테오, 혼자서 옷 벗었구나, 장하네."

"에헤헤~."

뒤편에서 들려오는 라티나와 테오의 대화는 친남매 이상으로 정다워서 케니스의 얼굴에 미소를 만들어냈다.

목욕을 마친 테오를 데리고 『범고양이』 홀로 향하자 낯익은 손님들 사이에서 바쁘게 일하는 리타의 모습이 보였다.

“리타, 다녀왔어. 일 쉬어서 미안해.”

“어서 와, 라티나. 괜찮아, 나도 가끔은 움직여야 하니까.”

리타의 접객은 라티나에 비해 상당히 대충이었다. 손님 테이블에 쿵, 커다란 소리를 내며 맥주잔을 놓는 모습을 봐도 알 수 있었다. 다만 이런 주점의 접객은 원래 그런 것이었다. 신경 쓰는 손님도 없었다.

“테오, 착하게 앉아 있을 수 있겠니?”

“난 착한 아이인걸.”

의기양양한 표정을 짓는 테오를 의자에 앉히고 라티나는 주방으로 향했다. 목욕 중에 케니스가 준비해준 요리를 쟁반에 담아 다시 가게로 돌아갔다.

테오의 식사를 도와주는 라티나에게 단골손님인 질베스터가 뭔가 마음을 쓰는 듯한 미묘하게 일그러진 미소를 보냈다.

“아가씨는 정말로 꼬마를 잘 돌보는구나.”

“그런가?”

라티나는 질베스터의 어색한 표정은 언급하지 않고 웃어 보였다. 그러는 동안에도 식사하는 테오를 자연스럽게 도와주고 있었다.

“그…… 아가씨…… 그게 말이지…….”

“질 씨, 있지……”

입을 떼기 어려워하면서도 말을 찾는 질베스터를 막고서 라티나는 미소를 난처한 표정으로 바꾸었다.

“잠깐만 기다려줘. ……아직, 조금…… 그게, 무리거든.”

“그, 그래…….”

에헤헤, 그래도 라티나는 미소를 지었다.

질베스터도 어젯밤 이 가게에서 펼쳐진 『대참사』의 전말은 들은 상태였다. 그는 그때 가게 안에 없었지만, 오늘 이 가게의 주된 화제는 데일이 허둥대고 초조해하는 모습과 간판 아가씨의 부재에 관한 것이었다.

질베스터는 어릴 때부터 지켜봤던 이 소녀가 자신의 보호자에게 『사랑』이라는 감정을 품고 있다는 사실을 줄곧 눈치채고 있었다.

데일이라면 마음껏 놀릴 수 있지만, 이 소녀에게는 무척 신경을 쓰게 되었다.

지뢰를 밟았다가 미움받는 것이 무섭기 때문이었다.

“아직은. 아마 원래대로 돌아갈 수 있을 테니까…… 조금만, 정리할 시간이 필요해.”

“아가씨…….”

질베스터는 한숨을 쉬고 기분을 전환했다. 의도적으로 표정과 목소리를 밝게 바꾸었다.

“곤란할 때는 힘이 돼주마. 나 같은 아저씨라도 할 수 있는 일은 있어.”

“응, 고마워, 질 씨.”

그렇게 대답한 라티나의 미소는 진심에서 우러나온 것 같았기에 질베스터는 안심했다.

저녁 식사를 마치고 얼마 지나지 않아 라티나는 테오를 재우기 위해 집주인 일가의 방으로 갔다. 테오가 고른 숨소리를 내며 잠든 것을 확인하고 살며시 방을 나갔다. 깨우지 않도록 소리 없이 문을 닫았다.

그리고 몸을 돌렸을 때였다.

외출했다가 귀가한 데일과 딱 맞닥뜨렸다.

평소의 외출용 장비가 아님을 한순간에 알아차리고 오늘은『숲』에 가지 않았구나 생각하며, 라티나는 반사적으로 휙 발길을 돌렸다.

스스로 생각했던 것보다 아직『마음의 준비』가 전혀 되어 있지 않았음을 절실히 깨닫게 되었다.

지금 자신은 데일의 얼굴을 직시하는 것조차 불가능했다.

심장 고동이 시끄러웠다. 양손으로 뺨을 누르자 뜨거워진 것을 알 수 있었다. 귀까지 빨개졌을 것이다.

라티나는 발소리를 죽이는 것조차 잊고서 다락방으로 뛰어 올라갔다.

‘얼굴조차…… 얼굴조차, 제대로 보여주지 않다니……! 반항기라는 녀석은……!’

그런 그녀의 행동에 데일이 힘없이 고개를 떨구고, 두 눈에서 마음의 땀을 줄줄 흘렸다는 것을 라티나가 알아차리는 일은 없었다.

†

다음 날도 라티나는 이른 아침부터 『뒷골목 빵집』으로 향했다.

바쁜 점심 피크를 지나서 한숨 돌리게 됐을 때였다.

"어라? 무슨 일이야? 루디."

"그러는 라티나 너야말로 뭐야? 왜 마르셀네 집에 있어."

라티나는 소꿉친구와 그런 대화를 나누었다.

루돌프의 말에 라티나는 난처한 얼굴로 웃었다. 그런 그녀의 표정을 보고 그날 밤 『대참사』를 떠올린 루돌프는 어색한지 시선을 이리저리 옮겼다.

그리고 부자연스럽게 이곳에 온 이유를 말했다.

"나, 나는 말이지. 윗사람들한테 부탁받았어. 가볍게 먹을 만한 걸 사 오라고."

그는 헌병대 상사에게서 이 가게를 콕 집어 빵을 사 오라는 명령을 받았다. 이미 『춤추는 범고양이』 단골손님들 사이에서는 간판 아가씨가 임시 점원으로 일하는 빵집도 널리 알려져 있었다. 그들이 직접 오지 않는 것은 그녀를 방해해서는 안 된다는 암묵적인 룰 때문이었다.

헌병대는 기본적으로 상하 관계가 철저히 주입된 사회이기에 상부의 명령에 참견하거나 반문하는 일도 없었다. 루돌프가 일하는 직장은 그런 곳이었다.

"나, 익숙하지 않아서 조금 시간이 걸릴 텐데. 양도 많고."

"그야 그렇겠지."

루돌프의 대답을 들으며 라티나는 빵 준비를 시작했다.

주문한 개수대로 빵을 꺼내서 나이프로 측면을 갈랐다. 머스터드 섞인 버터를 바르는 손놀림이 그럴듯한 것은 어릴 때부터 쭉 요리 실력을 갈고닦은 성과일 것이다.

"싫어하는 재료 있어?"

"일일이 그런 걸 신경 쓸 수도 없으니까, 상관없어."

"그런가."

가지각색 채소를 듬뿍 깔고 그 위에 슬라이스된 훈제 고기를 늘어놓았다. 눈 깜짝할 사이에 보기에도 먹음직스러운 샌드위치가 완성되어갔다.

주문이 많다고 보아 도와주러 나온 마르셀의 엄마가 완성된 샌드위치를 얇은 종이로 싸기 시작했다. 그것을 확인함과 동시에 라티나는 다시 재료를 끼우는 작업으로 돌아갔다.

"……이거…… 루디 혼자 들고 갈 수 있겠어?"

잠시 후 완성된 샌드위치는 라티나가 고개를 갸웃할 만큼 많아져 산을 이루고 있었다.

"으……."

"……도와줄까?"

"이, 이 정도는 괜찮아. 라티나 너야말로 점원이 간단히 자리 비운다는 소리 하지 마."

"그러네. 조심해, 루디."

라티나는 대량의 샌드위치가 든 봉지 때문에 양손을 쓸 수 없는 루돌프 대신 문을 열고 그를 배웅했다. 헌병대 대기소로 향하는 그 등을 한동안 걱정스러운 눈길로 바라보았지만, 이 이상 자신이 할 수 있는 일은 없다며 가게 안으로 돌아갔다.

—라티나 쪽에서 도와주겠다고 제안했는데도 그것을 거절한 루돌프의 오후 훈련은 묘하게 가혹했다.

임시 간판 아가씨의 수제 샌드위치로 에너지를 보급한 상층부 아저씨들은 매우 팔팔했던 것이다.

만약 라티나가 운반을 도와주어 루돌프와 함께 대기소를 방문했다면 『평소』와는 다른 자신들의 모습을 라티나에게 보여주고자 분기한 아저씨들 때문에 역시 루돌프의 오후 훈련은 가혹해졌을 것이다.

어느 쪽으로 구르든지 그에게 좋은 일은 없었다.

『뒷골목 빵집』에서 일을 끝낸 후, 라티나는 클로에네 집으로 향했다.

밤 축제 날, 클로에네 집에서 새 원피스로 갈아입었던 라티나는 입고 갔던 옷을 그대로 맡겨둔 상태였다. 친구들이 세트로 맞춰준 화장 도구 등도 그랬다.

되찾으러 가야 한다는 것은 알고 있지만 마음이 조금 무거웠다.

그런 예감을 뒷받침하듯이, 라티나를 맞이한 클로에는 밤 축제 날 헤어진 후에 일어났던 일을 듣더니 크게 한숨을 쉬며 어깨를 떨구었다.

콩. 라티나의 정수리에 수도가 떨어졌다.

"아야."

"라티나는 진짜, 머리도 좋으면서 이상한 데서 바보란 말이야."

"하, 하지만……!"

"『하지만』이고 자시고."

또다시 콩. 수도를 내리쳤다.

충격에 회색 눈동자를 글썽거려도 그녀의 절친은 전혀 동요하지 않았다.

"왜 그런 식으로 말한 거야."

클로에가 어이없어하는 것은 『보호자』에게 『반항기』로 여겨진 그녀의 고백 내용이었다. 고백이라고 하기에는 여러 가지로 중요한 말이 너무 부족했다.

"그치만……."

기막혀하는 절친의 목소리에 라티나는 풀이 죽어 고개를 숙였다. 그러나 입을 다물지는 않았다. 조금씩 일의 전말을 이야기했다.

"좋아한다는 말은 언제나 잔뜩 했는걸…… 그러니까 그것 말고 다른 말을 전하려고 했던 거야……."

그렇기에 그때 라티나는 「아빠 대신이라고는 생각하지 않는다.」라고 데일에게 말했다.

자신에게 그는 사랑하는 소중한 『남자』.

그 마음은 결코 『아빠』에게 보내는 친애가 아니라고 전하려 했었다.

"그런데 『좋아하는 마음』을 의심받을 줄은 몰랐단 말이야……!"

자신의 말을 들은 데일의 반응은 『그의 모든 것을 거부한 우리 딸』에 대한 것이었다.

지금까지 자신이 수없이 전했던 『사랑한다.』는 말은 굳건하다고 생각했는데, 데일은 그 부분에도 의문을 품고 말았다.

너무나도 큰 충격에 다음 말을 이을 수가 없어서, 라티나 또한 그저 혼란스러워할 수밖에 없게 되었다.

"그런 게 아니라는 것도, 「그러니까 나는 데일을 사랑한다.」고 말을 이어야 한다는 것도…… 머릿속이 새하얘져서…… 뭐라고 하면 좋을지…… 알 수 없게 되어버렸는걸……."

시무룩해져 고개 숙이는 모양은 어릴 때부터 자주 봤던 모습이었다.

"그렇다고 해도…… 왜 그 후에도 줄곧 토라져 있는 거야?"

"흐에……."

누그러지지 않는 클로에의 추궁에 라티나는 아래를 보던 시선을 슬금슬금 올려서 울 것 같은 얼굴을 만들었다.

"그 후에…… 나도 나를 알 수 없게 돼버렸어……."

"뭐?"

"고백하자고 결심하고…… 데일과 지금까지와는 다른『관계』가 되고 싶어서…… 그건 진짜였을 텐데…… 그런데……!"

결코 크지 않은 억누른 목소리임에도 마치 속마음을 전부 토해내는 것처럼 라티나는 본심을 절친에게 털어놓았다.

"데일이『고백』을 알아차리지 못했다는 사실에 나는 무척 안심해버렸어……!"

"라티나……?"

"이대로……『평소처럼』지낼 수 있다는 사실에 안심해버렸어…… 실비아가 말했던 대로, 하지만, 사실은 그 이상으로…… 나는 데일과『지금 이대로』있고 싶어 한다는 걸, 깨달아버렸어……."

라티나에게 데일의 품속은『세상에서 가장 안심할 수 있는 곳』이었다.

모든 것을 잃고, 스스로의 목숨마저 포기하려고 했던 자신을 구해내고 안아 올려주었던 그때부터 줄곧 그랬다.

외로울 때도, 괴로울 때도, 언제나 자신을 지탱해준 따뜻한『장소』. 힘들 때도, 눈물이 멈추지 않을 때도, 괜찮다고 다정하게 말하며 안아주었던『장소』였다.

앞으로도 데일은 자신을 소중하게 지켜줄 것이다.

그 두 팔로 끌어안아 따뜻한 손으로 상냥하게 쓰다듬어줄 것이다.

자신이 『예쁜 우리 딸』인 채로 있다면.

만약 데일에게 연인이 생기고, 결혼하여 가정이 생기더라도— 그는 자신을 버리지 않을 것이다. 그가 무척 자상하고 정이 많이 사람이라는 것을 자신은 누구보다도 잘 알고 있었다.

하지만 만약 자신이 『예쁜 우리 딸』이 아니게 된다면—.

데일은 애초에 자신을 『이성』으로 생각하고 있지 않았다. 그에게 자신은 아직 어린 『작고 작은 여자아이』인 채니까.

그러나 그게 아니더라도, 데일에게 자신은 『연애 감정』을 품을 수 있는 대상이 아닐지도 모른다.

예전에 봤던 『동료(성인 여성)』 같은 어른스러움이나 차분함도, 남성을 매료하는 외모도 자신은 갖추지 못했다. 데일에게 사랑받을 수 있는 여성이 되고 싶어서 노력해오기는 했지만, 사실은 어떤 여성이 되면 좋은지도 알 수 없었다.

적어도 똑같은 『인간족』이었다면 좋았을 텐데.

그와 똑같은 『인간족』이라는 것만으로도 주위의 모든 여성이 자신보다 더 훌륭해 보였다. 자신에게는 없는 것들만 헤아리고 말았다.

그런 자신이 사랑을 고백해도 데일을 곤란하게 할 뿐일지도 모른다. 그리고 그 결과 『관계』가 지금까지와 달리 어색하게 변해버린다면—.

자신은 유일하게 『안심할 수 있는 곳』을— 돌아갈 수 있는 『장소』를 잃게 되는 것이었다.

그것은 라티나에게 그저 공포일 뿐이었다.

데일이 『고백』을 알아차리지 못하여 의기소침했던 것도, 얼굴을 볼 수 없을 만큼 부끄러웠던 것도 진짜였다.

하지만 동시에 안도해버린 것 역시 틀림없는 본심이었다.

"그래서…… 시간이 조금 필요했어. 데일과 살짝 거리를 두고, 「미안해, 이제 괜찮아.」라며 웃을 수 있게 될 때까지……."

마음을 전하고 싶고 관계를 바꾸고 싶다는 기분도, 이대로 전하지 않고 살며시 마음에 뚜껑을 덮어 지금의 관계로 있고 싶다고 바라는 것도, 라티나에게는 마음 깊숙한 곳에서 우러나온 진실한 기분이었다.

실비아에게 지적받아 자각한 자신의 본심은 동시에 다양한 감정이 교착하여 여러 모순을 내포하고 있었다.

흐트러질 대로 흐트러진 라티나의 마음은 스스로도 어떻게 할 수 없게 되어버렸다.

"조금만 더…… 시간이 필요해……."

자신은 어쩌고 싶은가, 적어도 그 대답을 발견할 때까지 마음을 정리할 시간이 필요했다.

†

라티나가 『뒷골목 빵집』에 다니게 된 지 닷새가 지났을 무렵. 그것은 데일이 라티나와 거의 대화하지 못하게 된 지 닷새가 지났다고 바꿔 말할 수 있는 기간이기도 했다.

그동안 데일은 몇 번이나 『뒷골목 빵집』의 모습을 보러 동구에 가자고 생각했지만, 실행에는 이르지 못하고 있었다. 만약 들키기라도 한다면 본격적으로 그녀에게 미움받을 것 같아서 견딜 수가 없었다.

어떤 거대한 괴물과 마주했을 때보다도 무서웠다.

라티나는 존재 그 자체가 데일에게 『치유』였다.

그녀의 미소를 보고, 대화하고, 체온을 느끼는 거리에서 온화한 시간을 서로 나누고— 그것들 전부가 매일매일의 활력이었으며 행복을 느끼는 순간이었다.

그것을 갑자기 잃은 그는 퀭하니 — 몸이 여위지는 않았으나 생기는 잃어버린 상태였다 — 폐인 같은 모습으로 『춤추는 범고양이』의 홀 한구석에서 먼지를 뒤집어쓰고 있었다.

"라티나가…… 라티나가 부족해……."

친구가 말하는 『말기 증상』이었다.

어떤 의미에서는 유감스럽기 짝이 없는 이야기이기는 하나, 이 상태로도 데일은 그곳이 『전장』이라면 전투 능력과 판단력이 저하되는 일은 없었다. 평소의 감정을 분리하여 냉정함을 유지할 수 있기에, 그는 젊은 나이에 『일류』라고 불리는 경지에 이른 것이었다.

하지만 그것은 전장일 때의 이야기였고, 지금 대중의 시선 속에서 완전히 연소되려 하고 있는 청년은 어쩔 도리가 없는 한심함만을 주장하고 있었다.

“리타…… 여자아이의 반항기는 언제쯤 끝나……?”

“적어도 며칠 만에 끝나는 걸 『반항기』라고는 안 하지.”

“죽을 거야…… 죽어버릴 거야…… 으아아아…… 세상 『아버지』들은 얼마나 힘든 고행을 견디고 있는 거야아…….”

“괜찮아. 『아빠라고는 생각하지 않는다.』는 말을 들었잖아.”

“으아아아아아아아아…….”

가시 돋친 리타의 말 속에 들어 있는 『가시』의 의미를 이해하지 못한 채, 데일은 비장한 목소리를 내며 테이블에 엎어졌다.

데일의 그런 반응을 보고, 손을 멈추지 않고 서류 작업을 하던 리타의 『미소』에 더더욱 짜증이 보였다. 둔한 데도 정도가 있다. 리타는 이 남자의 둔감함 때문에 라티나가 얼마나 애달픈 경험을 해왔는지 잘 알고 있었다. 지금도 씩씩하게 그런 자신의 연심을 정리하려고 애쓰는 그녀를 보며 같은 여성으로서 풀 길 없는 울분을 느끼는 것도 어쩔 수 없는 일이었다.

“케니스…….”

“왜.”

“저거 괜찮은 거야?”

케니스는 단골손님인 질베스터가 가리킨 『데일(저거)』에게로 시선을 돌리고서 크게 한숨을 쉬었다.

“……라티나가 진정될 때까지는 조용히 지켜볼 생각이지만.”

"아가씨는 말이지……."

질베스터가 복잡한 얼굴을 하고서 팔짱을 꼈다.

"똑똑한 아이니까…… 『단념』할 수도 있을 것 같아서 말이야……."

"……그래."

라티나의 성장을 지켜보며 소중히 여겨온 것은 데일뿐만이 아니었다. 질베스터는 그 필두라고도 할 수 있었다.

"걱정돼. 아가씨는 『아무 일도 없었던』 것으로 하고서 『착한 아이』의 가면을 쓸지도 몰라."

케니스 또한 라티나를 지켜봐 왔다. 질베스터가 말하고자 하는 바는 잘 알았다.

그녀가 어릴 때부터 『너무 착하다』는 것은 케니스도 알아차리고 있었다.

라티나는 영리한 아이다.

원래부터 온순하고 말 잘 듣는 자질이 있기는 할 것이다. 하지만 그뿐만이 아니라, 그녀는 어릴 때부터 자신의 처지를 늘 이해하고 있었다. 그렇기에 『착한 아이로 있어야만 한다.』고 생각하는 것 같아서 주위 어른들은 걱정이 되었다.

그런 라티나였다.

그렇게나 **명백한** 연모조차 데일에게 전해지지 않는다면, 자신의 감정을 그냥 삼키고서 평상시의 표정을 가장해버릴지도 모른다는 생각이 들었다.

그 아이는 야무지고 똑똑한 아이니까 분명 그런 괴로운 선택조차 잘 해내고 말 것이다.

"아가씨는 정말로 착한 아이니까…… 적어도 확실하게 **끝장**을 보게 해주고 싶단 말이지."

"……그러네."

『실패』하더라도 그녀가 분명한 결론을 낼 수 있게 해주고 싶었다. 그것은 그것대로 아직 성장 도중인 그녀의 양식이 될 것이다. 이대로 그녀가 본심을 자신 속에 감춰버리는 것은 그녀에게도 도움이 되지 않았다.

움직이는(리빙데드) 시체가 되어 있는 놈은 어찌 돼도 좋지만. 이제 막 사춘기를 맞이한 소녀와 다 큰 성인 남성, 편들고 싶어지는 상대에게 마음이 편향되는 것도 어쩔 수 없었다.

남자들은 소녀의 심경을 생각하며 다시 팔짱을 낀 채 한숨을 쉬었다.

그날 밤, 케니스는 데일을 불러 세웠다.

데일은 라티나의 귀가와 존재가 신경 쓰여 견딜 수 없으면서도 직접 대치할 배짱이 없다는 한심한 모습을 보여주고 있었다. 지독히 한심한 모습이었다.

"데일…… 너 언제까지 그러고 있을 거야?"

한스럽다는 얼굴을 하고서 주방 안쪽 계단을 오르는 발소리에 귀를 쫑긋 세우고 있던 데일은 케니스를 보고 힘없는 목소리로 말했다.

"……라티나가…… 반항기를…… 끝낼 때까지, 인가……?"

"라티나한테 달렸다는 말이야?"

케니스가 묻자 데일은 진심으로 곤란하다는 표정이 되었다.

"그치만…… 나는 남동생밖에 없고…… 여자아이의 이런 미묘한 시기를 어떻게 대하면 좋을지…… 정말로 모르겠다고……."

아무래도 진심으로 말하고 있는 듯한 『친동생 같은 존재』를 보고 케니스는 한숨을 쉬었다.

이대로는 질베스터가 걱정한 대로 될 것 같았다. 그 똑똑한 아이가 이 녀석의 『이 상태』를 눈치채지 못했을 리가 없었다.

자신의 마음을 덮어서 숨기고 이 녀석이 바라는 대로 웃어 보일 것이다. 그 아이는 그런 아이였다.

그렇다면, 그녀가 마음의 준비를 할 때까지 기다리면 『손 쓸 수 없게』 될지도 모른다.

―그러나 그래도 망설이게 되는 것은 『그것』이 결코 『불행한 결말』은 아니기 때문이었다.

아마도 『그것』 ― 지금의 관계성을 유지하는 것 ― 을 고른다면 라티나는 괴로움을 견뎌야 하리라.

하지만 따뜻한 양지 같은 『행복』 속에 줄곧 있을 수 있을 것이다.

앞으로도 온화하고 다정한 『행복』을 **두 사람 다** 누릴 수 있을 것이다.

그것 또한 하나의 선택이었다.

그렇다면 자신이 하려는 일은 쓸데없는 참견이고 자기만족일 뿐일지도 몰랐다.

케니스는 그렇게 생각하면서도 얼음을 넣은 유리잔에 호박색 술을 따라 자신과 동생 앞에 각각 놓았다.

케니스가 앞자리에 털썩 앉자 데일이 의문 어린 표정으로 그를 보았다.

“케니스?”

“……손님도 거의 돌아갔으니까. 내 일도 끝났어.”

케니스는 그렇게 대답하고 유리잔의 내용물로 입술을 적셨다.

“데일, 너 말이다, 적당히 하고 자각해.”

“……뭘.”

“라티나는 너를『아빠』라고는 생각하지 않아. 그건 사춘기라서 꺼낸 말이 아니야.”

“케니스…… 무슨 소릴 하는 거야……?”

“그 아이는 훨씬 전부터 너를『보호자』라고는 생각해도『아빠』 대신이라고는 생각하지 않았어.”

거기까지 말해줘도 이해할 수 없는지 멍청한 표정을 짓고 있는 데일을 보고 케니스는 동생의 **성가신 성질**에 정말이지 질려버렸다.

“정말로 모르겠어?”

“그러니까 뭘 말이야.”

“라티나는 훨씬 전부터 너를『남자』로 보고 있었다는 거 말이야.”

“……뭐?”

더욱 얼빠진 표정을 하고서 묘한 목소리를 낸 데일은 한동안 자신이 들은 말뜻을 생각하고 쓰게 웃었다.

"무…… 무슨 소리야, 케니스. 그런 일이……."

"있을 리 없다, 고 어떻게 말할 수 있지?"

"그치만 라티나는…… 나에게 귀여운 「어린아이」고…… 그야…… 피가 이어지지는 않았지만……."

"라티나는 네가 생각하는 만큼 「어린아이」가 아니야. ……「마인족」은 수명이 긴 종족이지만, 그 애가 어른이 되기까지는 얼마 남지 않았어."

"나도 알아. 그러니까 나는 항상 걱정이 돼서……."

정말로 자각하지 못한 것 같은 데일을 보고 케니스는 다시 한 번 유리잔을 입에 가져간 뒤에 그의 말을 막았다.

"입으로는 그렇게 말하면서도 너는 라티나를 줄곧 「어린아이」 취급하고 있잖아."

반론하려는 데일이 끼어드는 것을 허락하지 않고, 케니스는 예전부터 눈치채고 있었던 「동생의 **성가신 부분**」을 본인에게 들이댔다.

"그건 네가 라티나를 「어린아이」인 채로 두고 싶기 때문이야."

케니스의 말에 깜짝 놀란 표정을 지었다고 생각한 다음 순간, 데일은 다시 쓴웃음으로 표정을 되돌렸다.

"무슨 소리야…… 왜 그런 짓을……."

"라티나가 어른이 됐다고 인정하면 너는 라티나를 「놓아줘야만 해」…… 그게 이유겠지."

케니스의 그 말에 뜨끔했는지 데일은 표정을 굳혔다.

하지만 그것은 케니스가 한 말의 본질을 이해했다기보다도, 생각하길 피하고 있던 현실을 본능적으로 거부한 반응에 지나지 않았다.

그래서는 아직 『자신의 성가신 부분』을 자각했다고는 할 수 없었다.

"너는 라티나와 보내는 지금 이 생활을 잃고 싶지 않은 거야. 옆에서 보기에도, 라티나가 온 뒤로 너는 확실하게 바뀌었으니까. 그렇게 생각하는 것도 이해해."

"그…… 그야, 그렇잖아! 귀여운 라티나와 함께 있고 싶어 하는 게 뭐가 나빠……!"

"그 아이가 어른이 되면…… 그 아이를 아내로 삼고 싶어 하는 녀석들이 우르르 나타나겠지. 「마인족」이라는 점을 빼놓더라도, 그 애는 성격도 외모도 비할 바 없이 우수해."

"그래……! 그러니까 나는 이상한 「벌레」가 꼬이지 않도록 세심하게 주의를……."

"라티나 **본인**이 결혼하고 싶다고 말하는 녀석이 나타나면 어쩔 셈이야."

"……!"

그 말에는 분명하게 표정을 일그러뜨리고— 그래도 데일은 낮은 목소리로 『보호자』**다운** 말을 짜냈다.

"……죽여버리고 싶기는 하지만…… 라티나가 바란다면, 허락해줄 거야."

그 아이가 행복해질 수 있다면.

자신이 바라는 것은 그녀의 행복이니까.

"그렇겠지. 너라면 그렇게 말할 줄 알았어."

케니스는 예상대로라는 얼굴을 하더니 이렇게 말을 이었다.

"그 아이가 어른이 된 걸 인정하면 반드시 「이 일」을 직시해야만 해. 그게 네가 「인정하지 않으려는」 첫 번째 이유야."

"첫 번째…… 라는 건, 더 있는 거냐……."

"리타가 이토록 화내는 이유를 생각한 적 있어?"

"그런 걸 알 턱이 없잖아……."

"리타는 줄곧 라티나의 상담 상대였으니까. 나나 너한테는 물을 수 없는 문제가 여자아이한테는 있겠지."

성장에 동반되는 신체 변화나 그에 따라 일어나는 일.

남자에게는 묻기 어렵고, 질문받더라도 대답할 수 없는 다양한 일. 라티나가 그것들을 상담하는 상대는 가장 가까운 성인 여성인 리타였다.

라티나에게 리타는 케니스와는 다른 위치의 『상담 상대』였다.

리타는 라티나가 『어른이 되는 것』을 눈앞에서 보아왔다.

어릴 때부터 자신의 『보호자』를 사랑한 작은 소녀가 나이에 걸맞은 어린 연심을 품고 있다는 것도 눈치채고 있었다.

어른이 되어가면서 소녀가 자신의 그 연심을 그저 순진한 호의에서 애달프고 괴로운 마음을 함께 지닌 것으로 키워가는 모습도 보았다.

리타는 줄곧 옆에서 그녀의 그런 성장 과정을 지켜보았다.

"리타로서는 네가 라티나의 연모에 둔감한 것을 무엇보다 용서할 수 없겠지."

"그러니까 그것도…… 리타나 케니스가 착각했을 가능성도……."

"나도, 라티나가 너한테 그런 감정을 가지고 있다는 건 잘 알고 있었어."

"무슨……!"

"내가 분명하게 눈치챈 건 그 애가 너랑 여행 갔다가 돌아온 뒤쯤이었지만. 리타 말로는 훨씬 전부터 그 애는 너한테 그런 감정을 보냈다는 것 같아."

동요하여 아연실색한 표정이 된 데일은 정말로 라티나의 그런 모습을『눈치채지 못했던』모양이었다.

자신이 리타는 아니지만, 둔하다는 말을 들어도 쌌다. 이 가게에 오는 단골손님들도 모두 라티나가 사랑하는 사람이 누군지 알고 있었다. 감정을 솔직하게 겉으로 드러내는 라티나는 연심조차도, 본인이 생각하는 만큼 감추고 있다고는 전혀 말할 수 없었다.

"라티나는 너를 향한 연모를 숨기지 않아. 표정도 목소리도, 동작 하나하나도…… 그 애가 너에게 보내는 건 그 정도로 분명했어. 그런데 네가「알아차리려고 하지 않는 것」에 리타는 화내고 있는 거야."

"그렇게 말해도…… 나는……."

"네가 「알아차리지 않는」 이유는 조금 전과 똑같아. 너는 라티나를 「작은 어린아이」라는 테두리 안에 넣어두고 있어. 그런 눈으로 그 아이를 보고 있기 때문이야."

데일은 라티나를 『작고 귀여운 우리 딸』로 보고 있었다. 그녀가 어른이 되어가고 있는 지금도 『작은 라티나라는 필터』를 통해 그녀를 보고 있었다.

주위에서 보기에도 확연한 라티나의 감정조차 『필터』로 막힌 데일의 시야에는 들어오지 않았다.

리타가 아니더라도, 라티나의 마음을 아는 자라면 한두 마디쯤 힐책하고 싶어지기도 했다.

연심을 이해받지 못해 라티나가 애달픈 표정을 지어도, 그것을 삼키고 웃어 보여도, 데일이 알아차리려 하지 않는 소녀의 씩씩한 모습을 주위 사람들은 보아왔다.

리타가 「왜 눈치채지 못하는 거야!」 하고 감정을 직접 드러내버리는 것도 지당한 반응이었다.

"이렇게까지 말했으면…… 아무리 지금의 너라도 라티나가 『반항기』라는 바보 같은 소리는 안 하겠지."

"하지만…… 그치만…… 나, 는……."

시선을 이리저리 옮기면서 띄엄띄엄 단어를 중얼거린 데일은 잠시 후, 겨우 의미 있는 말을 짜냈다.

"하지만 역시, 나한테 라티나는「작고 귀여운 라티나」고…… 그런 상대로는, 생각할 수…… 없으니까."

확실히 그것은 타당한 이유처럼 여겨졌다. 라티나는 아직 성장 도중인 소녀였다. 그러나 그것도 절대적인『대답』은 될 수 없다는 점을 케니스는 분명하게 지적했다.

"앞으로 몇 년 지나면 그런 말은 할 수 없게 될 거야. 그때도 너는 그렇게 말할 수 있겠어?"

"그런 건…… 그때 가봐야 아는 거지."

케니스가 데일에게『도망』을 허락하지 않는 것은 아직 데일이 자신의 가장 성가신 성질을 자각하지 못했기 때문이었다.

"왜 그렇게『라티나의 마음을 받아들이길』피하는 거야."

"그, 그러니까…… 그건, 아직 라티나가……!"

"라티나가 누군가의 아내가 되더라도, 네가…… 누군가를 아내로 맞이하더라도, 너희의「지금 생활」은 끝나게 돼. 하지만 네가 라티나를 아내로 삼아버리면「지금과 똑같은 생활」을 이어갈 수 있겠지."

옆에서 보고 있으면 데일과 라티나, 두 사람의 생활에 다른 사람이 들어갈 여지 따위는 없는 것 같았다.

두 사람은 정신적으로도 서로를 지탱하고 보듬으며 행복을 나누고 있었다.

그뿐만이 아니라 데일은 본인이 생각하는 것보다도 훨씬 더 일상생활 속 많은 부분을 라티나에게 의존하고 있었다. 알뜰살뜰하게 수발을 들고, 기호에 맞춰 식사를 차리고, 집안일 전반을 소화하는 소녀의 세세한 배려는 한 발자국 물러선 위치에 있는 케니스 쪽에서 더 잘 보이는 사실이었다.

남녀의 상성이라는 것은 함께 살아보지 않으면 알 수 없다. 현 단계에서 이러쿵저러쿵해도 별수 없었다. 하지만 정식으로 『반려』를 구할 때, 이 하이스펙 소녀보다 훌륭한 여성을 찾아내는 것은 어려운 일이었다. 비교되는 여성도 싫어할 것이다. 굳이 라티나를 놓아주고서 있을지 없을지도 알 수 없는 누군가를 찾을 필요도 없었다.

무엇보다 이 『친동생 같은 존재』도 라티나와 함께 있기를 바라고 있었다. 무의식중에 하는 행동 하나하나로 그녀를 갈구하고 있음을 호소했다.

"지금 당장은 아니더라도, 앞으로 몇 년 지나서 그렇게 하면 돼. 그런데 왜 그런 가능성마저도 생각하려 하지 않는 거야?"

지금 이대로 둘이서 행복을 나누는 생활을 이어가고 싶다면— 데일에게는 그렇게 한다는 『선택』도 있었다.

케니스도 지금 당장 그런 관계가 되라고 말하고 싶지는 않았다. 하지만 『한 가지 가능성』으로 고려 정도는 해도 좋다고 생각했다.

"그러니까…… 이건 『너의 문제』야. 네가 왜 옛날부터 『특정한 상대』를 만들려고 안 하는지…… 나도 대충은 헤아리고 있어. 아마도 그 애는 **그런 일**은 진즉에 각오했을 거야."

데일은 성실하고 다정한 인간이라고 케니스는 생각했다.

그가 소년이었을 때부터 지켜보았던 케니스는 데일의 사적인 부분도 꽤 알고 있었다.

굳이 따지자면 데일은 동성 무리 속에서 바보 같이 떠드는 편을 좋아하지만, 여성에게 인기가 없는 것은 아니었다.

깊은 관계를 맺은 여성이 있다는 분위기를 풍길 때도 있었다.

혈기 왕성한 일을 하는 건장한 남자에게 그런 욕구가 없는 편이 오히려 이상할 것이다.

하지만 데일은 『특별한 여성』을 만들려고 하지 않았다.

서로 깔끔하게 끝낼 수 있는 상대만 있을 뿐, 한때라도 그런 『관계』가 되려고는 하지 않았다.

성실한 성격의 데일에게는 부자연스러운 일이었다.

그러나 성실하기에 그런 『거리』를 계속 선택하는 것이라고 케니스는 보고 있었다.

“너는…… 옛날부터 『자신이 언제 죽어도 괜찮도록』 주위를 정돈하고 있었으니까…….”

“…….”

침묵한 데일의 얼굴에는 쓴 것을 억지로 삼킨 어린아이 같은 기색이 있었다.

“그래서 네가 라티나를 곁에 뒀을 때…… 나도 안심했어. 그 아이를 혼자 두고 떠날 수는 없다고, 네가 자기 삶에 매달릴 이유가 생겼으니 말이지.”

“……읏, 나는…….”

위험과 이웃한 삶의 대명사라고도 할 수 있는 『모험가』는 원래 그 순간의 향락을 추구하며 사는 자가 적지 않았다.

내일 어떻게 될지 알 수 없다. 다음 기회가 찾아오리라고는 장담할 수 없었다. 즐길 수 있을 때 즐기며 삶을 구가하지 않으면 아무것도 남지 않았다.

데일은 그것과도 조금 달랐다.

그는 성실했다. 주위 사람 — 그와 그런대로 친해진 주변 『어른』 — 이 걱정하고 말 정도로 진지했다.

라티나뿐만 아니라 데일 또한 케니스나 질베스터에게는 『걱정해야 할 대상』이었다. 라티나의 어린 시절을 모두가 알고 있듯이, 데일도 소년이었던 시절이 알려져 있었다.

데일은 자신에게 『살해당할 만한 이유가 있다』는 것을 받아들이고 있었다.

라반드국과의 계약으로 『마왕』의 위협을 제거하는 일을 맡게 됐을 때부터 줄곧 그랬다.

그는 마왕의 권속인 『마족』에게도, 마왕을 따르는 백성인 『마인족』에게도, 그들 나름의 『이유』가 있음을 알고 있었다.

『죽여온 것』을 후회하지는 않았다. 자신들에게도 양보할 수 없는 『이유』가 있다.

그렇기에 그는 원망받는 것도 미움받는 것도, 상대가 자신을 죽이려고 하는 행동조차 긍정했다.

죽음을 간단히 받아들일 생각은 없지만, 언제 죽더라도 별수 없다고 수용하고 있었다.

그렇기에 데일은…….

"그렇기에 너는 처음부터 『라티나의 상대』에서 자기 자신을 제외한 거겠지."

"……!"

숨을 삼킨 데일은 케니스의 말을 부정하고자 입을 열었다가 멍하니 말문이 막혔다.

"네가 바라는 건 그 아이가 행복해지는 것. 「먼저 죽을 자신」은 그 아이를 행복하게 해줄 수 없다. 너는 그렇게 생각하고 있을 거야."

그것이 바로 데일의 가장 성가신 『성질』이었다.

성실하고 다정하기에, 데일은 『언제 죽을지도 모르는 자신』에게 특별한 상대를 만들지 않았다. 남겨두고 떠날 자신은 행복하게 해줄 수 없으니까 처음부터 거리를 두는 쪽을 선택했다.

그것은 라티나에게도 마찬가지였다.

그녀를 행복하게 해줄 상대가 나타나면, 자신이 죽은 뒤에도 지켜줄 상대가 나타난다면— 그녀를 맡길 수 있는 『자신이 아닌 누군가』가 나타난다면, 『보호자』로서 자신의 역할은 끝난다.

하지만 놓아주고 싶지 않다, 잃고 싶지 않다.

그러니 조금만 더 이대로— 『작은 어린아이』와 『보호자』인 채로 있고 싶다고 바라는 것이다.

"잠깐……만 기다려…… 나는……!"
"라티나는 이미 각오하고 있어."
"……!"
"그 아이는 자신이 『마인족』이라는 사실을 받아들였으니까……. 너뿐만이 아니야. 나도, 리타도…… 테오마저도…… 모두 자신보다 먼저 늙어서 떠날 것을, 그 애는 각오하고 있어."

그래도 그녀는……
행복하다고…….
지금 함께 있을 수 있는 한정된 시간을, 소중하다고…….
언제나, 언제나 웃어주며…….

쿵. 테이블 위에 내던지듯 놓인 유리잔 안에는 얼음만이 남아 있었다.
결코 도수가 낮지 않은 그것을 단숨에 들이켠 상대를 보고 케니스는 하려던 말을 잊었다.
"데일…… 너……."
"윽!"
아마도 수치심에.
본인에게 묻는다면 알코올을 이유로 들겠지만, 붉어진 그 얼굴에서는 여러 가지 『현실』을 직시했다는 것이 엿보였다.
의자를 걷어차는 기세로 일어나 도망치듯 자기 방으로 향하는

동생의 등을 배웅하며 케니스는 한 손에 든 자신의 유리잔 안을 보았다.

거의 비어 있는 그것을 보고 자신도 술김에 말이 심했나 반성한 케니스는 잔을 흔들며 작게 중얼거렸다.

"겨우 「자각」했나."

이걸로 조금은 상황이 바뀔 것이다.

원래 저 두 사람은 사이가 좋았다. 그녀의 마음을 이해하고 자신의 본심을 마주한다면, 분명 일이 나빠지지는 않을 터였다.

괜한 참견임을 알면서도 한마디 하고 싶어질 만큼 무의식적인 행동 하나하나에 자연히 드러나 있던 『동생의 본심』은 너무나도 확실하고 간단한 것이었으니까.

'너는 좀 더 자신을 위해 살아도 좋다고 생각해…….'

그런 생각을 하며 케니스는 얼마 남지 않은 유리잔의 내용물을 들이켰다.

그리고 다음 날.

평소처럼 아침 영업을 준비하고자 아래층으로 내려온 케니스는 어안이 벙벙했다. 살금살금, 마치 야반도주라도 하는 듯한 수상쩍은 인물이 있었기 때문이다.

"……너…… 뭐 하는, 거야?"

"케, 케니스?! 어째서……!"

완벽하게 여장(旅裝)을 갖춘 데일이 장난을 치려다 들킨 악동 같은 태도로 움찔하며 돌아보았다.

그 반응을 보니 정말로『도망칠』생각이었던 모양이다. 라티나가 휴가인 현재, 그 몫을 보충하기 위해 케니스는 평소보다 이른 시간부터 작업해야 했다.『평상시』보다 케니스가 아래층으로 내려온 시간은 빨랐다.

그 틈을 노려 행동했다는 것은 자신에게조차 아무 말도 하지 않고서 출발할 생각이었던 듯했다.

"……이, 일 때문이니까! 슬슬 의뢰가 도착할 테니까! 살짝, 이번에는, 내 쪽에서 먼저 가보자고, 생각한 것뿐이니까!"

허둥지둥 변명을 늘어놓는 데일은 뭐랄까, 매우 필사적이었다.

"아니, 너, 하지만……."

"—윽!"

어이가 없어진 케니스는 멍청한 짓을 하려는 동생을 타이르려고 했다.

하지만 데일은 그 이상 아무 말도 하지 말라는 듯이 케니스에게 반쯤 울 것 같은 표정을 지어 보였다.

거기서 케니스는 마침내 퍼뜩 어떤 사실에 생각이 미쳤다.

이『친동생 같은 존재』는 그럭저럭 인생 경험도 쌓았을 테지만,『특별한 관계의 여성』을 만들지 않으려고 계속 피해왔었다. 그것은 즉, 그런 방면에 관해서 이 남자.

자신이 생각했던 것보다 어리숙하다는 말이었다.

"라, 라티나한테는 확실하게 메모, 남겨뒀으니까! 뒷일은 부탁해!"

라는 말을 외치며 당부하고서 문을 열고 전력으로 달려 나갔다. 어제까지 움직이는 시체로 있었다고는 생각할 수 없을 만큼 민첩한 움직임이었다.

도망쳤다. 도피했다. 어떤 의미에서 라티나와 똑같은 행동을 했다.

이 두 사람은 정말로 묘한 부분에서 닮아 있었다. 게다가 도피하여 몰두하는 것이 『노동』이라는 점마저 똑같았다.

'하지만 네가 그래버리면…… 안 되지…….'

케니스가 정신 차리고 마음속으로 태클을 걸었을 때, 그 말을 해야 할 상대는 이미 모습을 감춘 상태였다.

2. 백금의 소녀, 빨간머리 소꿉친구와 연심.

얼마 지나지 않아 케니스는 식은땀으로 등을 흥건히 적시게 되었다.

전력으로 쫓아가서 붙잡았어야 했다. 중요한 순간에 판단을 틀리다니, 현역에서 은퇴하고 오랜 시간이 지난 만큼 자신도 실력이 많이 녹슨 모양이었다. 이쯤에서 다시 단련이라도 해야 하는 걸까.

그런 생각을 하는 케니스 앞에는 라티나가 있었다.

"……왜…… 이렇게, 갑자기, 가버리는 일은…… 없었는데…… 다녀오세요……라고, 말하지 못한 적, 없었는데……."

새파래진 얼굴로 멍하니 중얼거리며 케니스를 올려다보는 라티나의 눈동자에는 눈물이 담겨 있었다.

일어나서 아래층으로 내려온 라티나는 주방 테이블에 놓여 있던 데일의 메모를 보았고, 그것을 펼치자마자 아연실색한 표정이 되었다. 덜덜 떠는 소녀를 의자에 앉힌 케니스도 이 상태인 라티나에게 아침을 권할 생각은 들지 않았기에, 따뜻한 차가 든 컵을 앞에 놓는 데 그쳤다.

무난한 표현을 골라서, 아마 메모에도 적혀 있을 터인 『일 때문에 왕도로 (도망)갔다』는 사실을 전한 뒤에 일단 말을 보충했다.

"데일한테도 생각이 있겠지. 갑자기 불려 나갔……을 거야. 라티나를 잘 부탁한다고 했으니까."

"……왜, 직접, 말해주지 않은 거야?"

진짜 이유를 말할 수 있을 리가 없었다. 라티나의 본심을 이해한 결과 도망쳤다고 한다면 더더욱 일이 꼬일 것이다. 뭐라고 해야 할까, 적당한 말이 떠오르지 않았다. 케니스의 땀이 더욱 늘어났다.

"내가, 데일한테 거리를 둬서? 제멋대로 굴었으니까? ……내가, 제대로, 「착한 아이」로 있지 못했으니까……?"

그에게 거리를 두고 있었다는 잘못을 했다고는 하지만, 그것 때문에 자신을 책망하며 떨리는 목소리로 중얼거리는 라티나는 너무나도 애처로웠다.

케니스는 자신이 아무리 부정하더라도 라티나에게는 닿지 않으리라는 것을 알고 있었다.

이 아이가 훨씬 어렸을 때부터, 진정한 의미에서 이 아이를 움직이기에 자신의 말은 턱없이 부족하다는 것을 케니스는 수없이 통감해왔다.

아무튼 『최악』의 수단을 쓴 데일에게 속으로 저주를 퍼붓는 것은 어쩔 수 없는 일이었다. 역시 이 행동을 두둔할 말은 없었다.

"……마르셀네…… 갔다 올게. 오늘까지 하기로, 약속했으니까……."

쓰러질 듯 얼굴이 창백한데도 라티나는 그렇게 말하고 일어섰다. 아무 말 없이 가게를 나가는 라티나를 배웅하며 그 발걸음이 휘청

거리지 않음을 확인하고, 케니스는 이 최악의 수단을 쓴 데일의 소행을 아내에게 어떻게 전해야 할 것인가 머리를 싸맸다.

확연하게 모습이 이상하기는 해도 라티나는 그것을 업무까지 끌고 가지 않았다. 『뒷골목 빵집』에서 접객하는 라티나는 평소처럼 웃으며 작업을 하고 있었다.

그래도 오랜 친구인 마르셀은 곧장 라티나의 상태를 알아차렸다.

아주 잠깐 손을 멈춘 순간에 한숨을 쉬는 모습. 눈을 글썽거리려다가 이를 악물고 기분을 전환하는 모습.

최근에는 쓸쓸하다는 감정을 잘 얼버무리게 되었던, 『혼자 집 볼 때』 그녀의 모습이었다.

그래도 이렇게나 울적해 하는 일은 드물었다. 어떻게 해야 할까, 답을 찾지 못한 채 생각하고 있을 때 최근 단골손님 — 아마도 기간 한정일 것이다 — 인 죽마고우가 내점했다.

"……무슨 일이야? 라티나."

그 죽마고우 루돌프도 라티나의 상태를 단박에 눈치챘다.

"괜찮아. 아무것도 아니니까. ……매번 사 가는 걸로 만들면 돼?"

"아무것도 아닐 리가 없잖아. 안색도 엄청 나쁘다고."

"아무것도 아니니까!"

라티나는 순간적으로 강한 말투가 나온 것에 퍼뜩 놀랐다. 얼버무리려는 것인지 미소 짓고서 목소리를 누그러뜨렸다. 하지만 그것조차 오랜 친구인 그가 보기에는 어색하고 애처로운 태도였다.

"……미안해, 루디. 정말로 아무것도 아니야. 괜찮아."

'아아, 『집 보는 중』인가.'

그렇게 루돌프는 그녀의 상태를 짐작했다. 평소에는 명랑하게 매일매일을 진심으로 즐기는 그녀가 의욕이고 뭐고 전부 사라져서 틀어박혀 버리는 『상태』였다.

어릴 때부터 항상 그랬기에 바로 알 수 있었다.

클로에가 반쯤 억지로 밖에 끌고 나와도 마음이 이곳에 없는 모습으로 곧장 고개를 숙였었다. 그 모습을 보고 있을 수 없어서 무심코 평소보다 더 심술궂게 굴었던 것도 이제는 좋은 추억이었다.

아무 일 없을 때도 놀리지 않았냐는 말을 들을 것도 같지만, 그것조차 어쩔 수 없는 일이지 않을까.

이 커다란 회색 눈동자를 살짝 글썽거리며 자신을 쳐다봐 주었다. 빨개진 볼을 작게 부풀리고서 불평하는 모습조차 사랑스러웠다. 적어도 그 순간만큼은 다른 친구들이 아니라 자신만을 보아주었다.

어리기에 가능한 순수한 독점욕의 표현이었다.

지금, 샌드위치를 척척 만드는 라티나의 뺨을 갑자기 꼬집는다면 어떤 얼굴을 할까. 그런 생각이 들었다.

일단 틀림없이 화낼 것이다.

그래도 우울한 『지금 기분』을 한순간이라도 잊어준다면 그것도 좋지 않을까. 그런 생각을 하면서 루돌프는 주문한 샌드위치가 완성되는 것을 말없이 기다렸다.

라티나가 놀란 목소리를 낸 것은『뒷골목 빵집』일을 끝내고, 짧은 기간이기는 했지만 신세 진 사람들에게 인사한 뒤에 가게를 나섰을 때였다.

"루디?"

"응."

헌병 제복이 아니라 사복 차림인 소꿉친구가 밖에 있었다.

"무슨 일이야? 마르셀이라면 안에 있어."

"라티나 널 기다렸어."

"나?"

"데려다줄게."

"흐아?"

루돌프의 말에 라티나는 의아해하며 고개를 갸웃했다.

"왜? 길이라면 알아."

"미아가 될까 봐 걱정하는 거 아니야."

루돌프는 어이없다는 얼굴이었지만, 이 정도 일로 힘이 빠져서야 이 천진한 아가씨의 소꿉친구로는 지낼 수 없었다.

뻔뻔해지지 않으면 아무것도 이루어낼 수 없다.

"정말로 안색이 안 좋아. 도중에 움직일 수 없게 되기라도 하면 큰일이잖아. 아직『밤 축제』의 영향으로 외부에서 온 녀석도 꽤 있으니까."

사들인 샌드위치를 헌병대 대기소에 배달했을 때, 루돌프는 잡담의 일환으로 상사에게 라티나의 상태를 전했다. 그녀가 『범고양이』의 단골손님인 상사들에게 귀염받고 있다는 사실은 루돌프도 아주 잘, 자알~ 알고 있었다.

그리고 그 상태의 원인이 『보호자』의 부재 때문이리라는 것도 전한 결과, 괘씸한 족속들이 상태가 좋지 않은 소꿉친구의 틈을 파고들지 못하도록 그가 집까지 데려다줘야 한다는 흐름이 어째선지 만들어졌다.

거절할 이유가 없는 데다가 『명령』이라면 어쩔 수 없다며 루돌프는 또다시 『뒷골목 빵집』을 방문한 것이었다.

"……그렇게 상태가 안 좋아 보여?"

"평상시 라티나 너는 좀 더 멍청한 얼굴이니까."

"멍청……?!"

"맹~ 하니 생글생글 웃고 있잖아."

"루디, 살짝 어른스러워졌나 싶었는데 심술궂은 건 똑같아……."

부루퉁하게 볼을 부풀린 라티나는 감정이 격양되어 표정에도 약간 생기가 돌아와 있었다.

루돌프는 안도를 겉으로 드러내지 않고 실없는 소리를 계속했다.

"라티나 상대로 내숭 떨어서 뭐하겠어."

루돌프도 상사를 대할 때는 그런대로 조심했다. 무심코 반말이라도 했다가는 엄청난 일을 겪어야 했다. 『지도』라는 이름의 얼차려였다.

문자 그대로 몇 번 죽을 뻔했던 『지옥 훈련』이었지만 헌병대 본부는 『남색(닐리)의 신』의 신전과 가까웠고, 헌병대 안에도 회복 마법을 다룰 줄 아는 마법사가 소속되어 있었다. 『지옥』에서 현세로 다시 데려올 체제는 확실하게 갖춰져 있었다. 몇 번이나 지옥에 떨어졌다가 강제로 생환된다. 그것이 바로 『지옥』 그 자체가 아닐까 싶은 훈련이기에 육체, 그리고 무엇보다도 정신적으로 강인한 헌병이 만들어지는 것이었다.

"헌병대 일, 힘들어?"

"아직 정규대 일은 갓 시작했을 뿐이니까. 기억하는 것만으로도 벅차. 훈련은 예비대 때부터 힘들었고…… 익숙해졌으려나."

"……열심히 하고 있구나, 루디."

"……라티나 너도 열심히 하고 있잖아."

루돌프가 말하자 라티나는 또다시 의아한 얼굴이 되었다.

"열심히 하고 있을까?"

"그래."

라티나의 표정이 조금 풀어졌다. 상대가 누구든지 자신의 노력을 칭찬하고 인정해주는 것은 기쁜 일이었다.

"고마워, 루디."

그렇게 말하고 살짝 미소 지은 라티나는, 루돌프가 그녀의 손을 잡으려고 자신의 손을 뻗으려다가 도중에 단념하고 다시 움켜쥐는 행동을 되풀이하고 있음을 알아차리지 못했다.

그대로 라티나가 루돌프와 함께 『춤추는 범고양이』로 돌아오자, 입구 앞에 한동안 모습이 안 보였던 빈트가 있었다. 빈트는 가게 구석에 느긋하게 엎드려 있었지만 라티나의 기척을 감지하고 꼬리를 살랑살랑 흔들며 마중 나왔다.

그런 빈트가 루돌프를 보고 움직임을 멈췄다.

라티나는 빈트의 그 반응이 이상했는지 고개를 갸웃했다. 한편 루돌프는 눈앞의 짐승이 뿜어내는 묘한 압력에 몸을 긴장시켰다.

빈트는 공격해야 하나 말아야 하나 잠시 생각하고서 『낯선 수컷 사람』을 무시하는 방향으로 결론을 냈다. 루돌프 앞을 그냥 지나쳐 라티나에게 자신의 머리를 비비적비비적 문질렀다.

빈트는 라티나에게 접근하는 『낯선 수컷 사람』은 공격해도 좋다는 말을 주위로부터 듣고 있었다. 하지만 오늘처럼 라티나가 상대와 친밀하게 이야기하고 있을 때 상대를 쓰러뜨리려고 한다면 라티나에게 혼나리라는 것을 빈트는 분명하게 이해하고 있었다.

게다가 어째선지 이 『낯선 수컷 사람』에게서는 라티나의 『기척(냄새)』이 느껴졌다.

판단하기 곤란할 때는 방치하자.

그것이 빈트가 내린 결론이었다.

"……라티나…… 그건……?"

"어? 빈트는…… 개지?"

"왜 의문형이야?"

"으음…… 살짝 별난 개? 라서 그래."

척 보기에도 수상쩍은 생물인 빈트를 앞에 두고 루돌프가 당연한 질문을 하자 라티나는 허둥지둥 빈트의 옷을 바로잡으며 대답했다.

데려다준 루돌프에게 감사를 표하고 헤어진 뒤, 라티나는 빈트와 함께 다락방으로 향했다.

약 일주일 만인 브러싱을 하면서 라티나는 빈트에게 집을 비운 이유를 물었다.

"어디 갔었어? 갑자기 없어져서 걱정했어."

"대디한테, 갔다."

"대디?"

"대디, 마미한테 물려서 풀 죽어 있었다. 마미, 짱 세다."

"응?"

환수의 언어문화는 독자적으로 발달한 면이 있어서, 『인간족』 사이에서 가장 많이 쓰이는 언어인 서방대륙어를 일주일 만에 말할 수 있게 된 라티나도 이해하기 어려울 때가 있었다. 비교할 어구나 표현이 없으니 당연했다.

라티나는 때때로 고개를 갸웃하면서도 빈트가 아무래도 고향에 돌아갔었던 모양이라고 짐작했다.

모르는 곳에서 제 자식이 부부 싸움의 전말을 폭로하고 있다는 사실을 천상랑 우두머리가 알 리도 없었다.

라티나는 빈트를 꼭 끌어안고 폭신폭신해진 모피에 얼굴을 묻었다.

"라티나?"

"……미안, 빈트. ……잠깐만, 이러고 있어도 될까?"

빈트가 싫어하지 않고 꼬리를 휘휘 흔드는 모습을 보고 안심하여 라티나는 다시 빈트의 모피 감촉과 온기에 뺨을 댔다.

"……왜, 잘 안 되는 걸까……."

툭 중얼거린 말에는 숨길 수 없는 비애의 울림이 담겨 있었다.

오늘 하루 노력해보았지만, 약한 소리를 흘리자마자 시야가 부예졌다. 그녀는 코끝이 찡해지는 것을 느끼며 눈을 질끈 감았다.

어릴 적 라티나에게 주변 어른들은 모두 훌륭해 보였다. 무슨 일이든 쉽사리 해내는 것처럼 여겨졌다.

어서 어른이 되어 자신도 그렇게 되고 싶었다.

키도 크고, 테오의 『누나』가 되어 예전보다는 어른에 다가갔다고 생각했다.

하지만 아직도 자신은 『작은 우리 딸』인 모양이었다. 혼자 집 보는 것 하나 제대로 못 해서 눈물이 나오다니, 전혀 성장하지 못했다. 어린아이 취급받아도 별수 없었다.

분명, 어엿한 어른이 되면 자신도 잘할 수 있게 될 테니까.

"언제쯤이면…… 나는 어엿하게…… 어른이 될 수 있을까……."

"멍."

작은 목소리로 말을 건네며 위로해주는 『친구』의 자상함에 참을 수 없어졌다. 라티나는 흘러내린 눈물을 손으로 쓱쓱 문지르며 그 뒤로도 움직이지 않았다.

다락방에서 1층으로 돌아온 라티나의 눈이 새빨개져 있음을 알아차린 리타는 예쁜 눈썹을 곤두세웠다.

"그 바보, 어떻게 해줄까."

흘러나온 불온한 중얼거림을 듣고 케니스는 일단 옹호는 해보기로 했다.

"……확실히 이번 일에 관해서는 나도 할 말이 없을 정도로 멍청한 행동이라고는 생각하지만…… 그 녀석도 나름대로 생각하는 바가 있는 것 같으니까…… 조금은 참작해줘."

"됐어. 케니스는 이러니저러니 해도 그 바보한테 무르니까. 나는 라티나만의 아군인 걸로 충분해."

남편에게 그렇게 말하고 리타는 솜씨 좋게 한쪽 눈썹만 올려 보였다.

"그 바보한테 불평이고 뭐고 말하지 못하는 라티나 몫까지 내가 욕해주는 정도가 딱 좋다고."

"누나?"

"그래. 테오도 그렇게 생각하지~?"

"하지~."

끼어든 아들에게 리타가 동의를 구하자 정말 좋아하는 『누나』 일이라는 사실만을 이해한 테오도르는 엄마를 흉내 내며 말했다.

케니스는 복잡한 표정을 짓기는 했지만, 『친동생 같은 존재』에게 리타는 아웅다웅하면서도 마음 편히 진심으로 대할 수 있는 몇 안 되는 친구라는 것도 알고 있기에, 특별히 그 이상 데일을 두둔하는 말은 꺼내지 않았다.

"……리타? 케니스? 왜 그래?"

"아무것도 아니야. 빈트, 복슬복슬해졌구나."

빨개진 눈을 제외하면 평소와 별로 다르지 않은 라티나가 리타의 험악한 모습을 보고 고개를 갸웃했다.

리타는 라티나의 물음에 웃으며 손을 내저어 대답했다. 그 대답을 듣고도 라티나는 의아한 얼굴을 했지만, 이내 케니스를 올려다보고 자연스러움을 가장하여 말했다.

"케니스, 밤 영업 도울까?"

"내일 아침부터 복귀해주면 돼. 익숙하지 않은 환경에서 일하느라 스스로 생각하는 것보다 더 피곤할 거야. 푹 쉬어."

케니스의 말을 듣고 라티나는 조금 침울한 표정을 지었다.

케니스는 한숨을 쉬고서 『제자』에게 이어 말했다.

"『아무 생각도 할 필요가 없을 만큼 일하는』 식의 무모한 방법은 쓰지 마, 라티나."

"……미안해."

"사과할 일은 아니야."

"하지만…… 그치만…… 나 있지……."

그렇게 계속해서 말을 이으려 하는 『제자』의 머리에 케니스는 데일보다도 큰 손을 올렸다. 그녀가 어린아이였을 때부터 그렇게 했던 것처럼, 데일보다 힘 있는 동작으로 쓰다듬었다.

"리타가 홀에 들어가는 것도 오늘 밤까지야. 그만큼 테오의 어리광을 듬뿍 받아줄래? 우리는 라티나만큼 테오의 응석을 받아줄 수 없으니까."

"누나?"

아빠의 말을 대충 이해하고 테오가 기쁘게 목소리를 높였다. 아장아장 라티나 곁으로 달려와 기대하는 표정으로 라티나를 올려다보았다.

"케니스……."

"라티나가 있어줘서 많은 도움을 받고 있어."

케니스의 말을 듣고 라티나의 눈에 멈췄을 터인 눈물이 고였다.

자신의 존재에, 모든 행동에, 자신감을 잃어가고 있던 지금의 자신은 무엇보다도 자신을 긍정해주길 원했던 것임을 깨달았다.

자신은 여기 있어도 된다는 이유가 필요했다.

"고마워……."

라티나는 울먹이는 목소리로 「미안해」가 아니라, 해야 할 말을 중얼거렸다.

리타와 데일 사이에 있는 『온도 차이』도 라티나의 이런 성질이 밑바탕에 깔려 있기 때문일 것이라고 케니스는 생각했다.

라티나에게 『데일의 존재』는 가장 큰 정신적 안정을 가져왔다. 데

일이 곁에 있을 때 라티나는 다소의 불안이든 뭐든 데일이 찰싹 달라붙어 마구 예뻐해 주는 사이에 잊어버릴 수 있었다.

라티나가 불안정해지거나 평소의 명랑한 모습과는 딴판이 되어 침울해져 버리는 것은, 『데일이 없을 때』였다.

그 사실은 주위 모두가 알고 있으나 데일만이 모르는 그녀의 모습이었다.

아무리 주위 사람들에게 이야기를 들어도 실제로 이 모습을 보지 않으면 상상하기는 어려웠다. 그만큼 평상시 라티나와는 큰 차이가 있었다.

이런 그녀의 모습을 알고 있었다면 데일도 자신의 감정을 따라 뛰쳐나가는 행동 따위 하지 않았을 것이다. 그녀를 『어린아이 취급』하면서도, 어릴 때부터 또래 아이들보다 훨씬 야무졌던 라티나한테 의지하고 있는 데일이기에 취해버린 『라티나를 향한 무의식적인 응석』이었다.

"누나."

천진난만하게 호의를 보내는 테오를 라티나가 꼭 끌어안았다. 그것을 빈트가 부러운 듯이 빙글빙글 돌면서 보고 있었다. 그런 모습을 바라보며 케니스는 자신이 할 수 있는 일이 무엇일까 생각에 잠겼다.

다음 날부터 『춤추는 범고양이』 업무에 복귀한 라티나는 겉보기엔 상당히 회복된 것 같았다.

하지만 평상시 혼자 집을 볼 때는 쓸쓸함을 견디면서도 다락방에서 홀로 보내는 라티나가 어젯밤에는 빈트를 데리고 방으로 돌아갔다. 그래도 케니스와 리타는 아무 말도 하지 않았다. 조금이라도 다른 이의 온기로 치유받을 수 있다면 그렇게 해야 했다.

라티나에게 평소보다도 많은 관심을 받고 있는 빈트는 그녀의 침울한 모습과는 별개로 그런대로 기분이 좋았다.

부지런히 바쁘게 가게 안을 오가는 라티나가 돌아온 것을 보고, 아침 식사를 위해 방문한 단골손님의 표정이 2할은 더 밝아졌다.

그런 손님의 모습을 본 케니스는 오늘 밤은 지난 일주일분을 되찾을 수 있을 만큼 바빠지겠다고 판단하여 재료를 더 많이 준비해두기로 했다. 뜻하지 않게 라티나의 소원대로, 쓸데없는 생각을 할 틈도 없이 분주히 일하게 될 것이다.

필연적으로 점심에 할 작업량도 늘어난다. 리타가 임신 중이기도 해서 케니스 혼자서는 처리할 수 없었던 여러 일도 밀려 있었다. 재료와 비품 구매, 리넨류 세탁 등을 라티나와 둘이서 정리해갔다.

라티나의 부재에 타격을 받은 것은 데일뿐만이 아니었다.

케니스도 예전에는 부부 둘이서 소화했을 터인 업무량인데 이렇게나 큰일이었나 생각하게 되었다. 척척 맞는 호흡으로 일해주는 『제자』가 얼마나 자신을 도와주고 있었는지 통감하게 되었다.

데일이 도망친 것은 멍청한 짓이었다.

하지만 케니스는 『친동생 같은 존재』에게도 머리를 식힐 시간이 필요하다고는 생각했다. 방법이 틀렸을 뿐이다. 본인도 아마 지금쯤

이동 중인 어딘가에서 자신이 한 짓에 머리를 싸매고 있을 것이다.

'라티나도 쓸쓸하다든가, 싫다는 식으로 자기 생각을 조금 더 말해뒀어야 했는데.'

모르는 사이에 주위 어른들은 참을성 있는 착한 아이였던 그녀를 의지하고 있었던 모양이다.

자신에게도 반성할 점이 있다고 생각하며 케니스는 일하는 손을 쉬지 않았다.

케니스가 예상한 대로 그날 밤 『춤추는 범고양이』는 이른 시간부터 슬슬 손님이 들어오기 시작하더니, 주점이 가장 바쁠 때인 『평소 시간』에는 만석을 넘었고, 서서 마셔도 상관없다는 손님까지 나왔다.

라티나 한 명으로는 부족해서 결국 리타도 홀에 나오게 되었다. 빈트도 돌아와 주었기에 테오의 『감시역』이 있다는 점도 큰 도움이 되었다.

라티나는 여러 사람에게서 동시에 날아드는 주문을 구별하여 되묻는 일 없이 삽시간에 파악했다. 테이블뿐만 아니라 손님의 얼굴을 기억하므로 요리를 잘못 가져다주는 일은 없었다. 거스름돈 계산에 필요한 시간도 순식간이었으며 기분 좋은 미소로 응대해주었다.

라티나는 그런 『간판 아가씨』였다. 그녀가 있기에 생긴 혼잡이지만, 그녀가 없다면 도저히 처리할 수 없는 업무량이었다.

"리타, 배 속에 아기도 있으니까 너무 무리하지 마. 나 혼자서도 어떻게든 될 거야."

“처음부터 무리할 생각은 없으니까 괜찮아. 그러는 라티나야말로 너무 분발하면 안 돼.”

“괜찮아.”

“무리한다 싶으면 점주 권한으로 강제로 쉬게 할 테니까.”

“괜찮아! 무리는 안 해!”

약간 일중독인 라티나에게 과도한 휴가는 결코 고맙지 않았다. 라티나는 황급히 고개를 휘휘 내저었다.

“정말로, 너무 열심히 한다니까.”

빠른 걸음으로 손님과 손님 사이를 도는 소녀의 모습을 눈으로 좇으며 리타는 기막히다는 표정을 지었다.

그때 새로운 손님이 찾아온 기척을 느끼고 라티나는 반사적으로 미소를 보냈다가 그 표정을 원래 표정으로 되돌렸다.

“어서 오세…… 루디?”

“여…… 여어.”

루돌프는 살짝 어색한 모습으로 가게 안을 두리번거렸다. 혼잡한 가게 모습에 압도된 모양이었다. 가게는 우락부락한 육체노동파 아저씨들로 만석이었다. 헌병대에서 그런 풍경을 매일 보아 익숙한 루돌프도 조금 위축되었다.

“무슨 일이야?”

“술집에 오는 이유야 술 아니면 밥이지.”

그의 대답을 우연히 들은 헌병 몇 명이 뜨뜻미지근한 표정이 되었다. 그의 목적이 둘 중 무엇도 아니라는 것은 모두가 아는 사실이었다.

"그래? 지금 혼잡해서…… 빈자리가 없거든."

『본인을 제외하고.』라는 주석이 필요하지만. 주위 사람들의 머릿속에 그런 내용을 떠올리게 하면서 라티나는 난처한 얼굴로 소꿉친구를 응대했다.

"상관없어. 이쪽으로 와."

그때 단골손님 중 한 명이 말을 걸어왔다.

라티나는 어느 정도 안도한 표정이 되었지만, 루돌프의 등은 약간 뒤로 젖혀질 만큼 쭉 펴졌다.

"대장님."

라티나는 어릴 때부터 그랬듯이 어딘가 서툰 어조로 말하며 목소리 주인에게 미소를 보냈다.

"합석해도 괜찮나요?"

"모르는 상대도 아니니까. 괜찮으니 여기 앉혀."

"고맙습니다."

크로이츠의 우락부락한 무리 중 한 세력인『헌병대』를 통솔하는 장년 남성도 라티나에게는 어릴 때부터 자신을 예뻐해 주는 마음씨 좋은 아저씨 중 한 사람일 뿐이었다.

하지만 루돌프에게는 그렇지 않았다.

조직의 말단인 수습 대원에게는 하늘 같은 존재인 조직의 정상이었다. 게다가 그와 함께 자리하고 있는 멤버도 헌병대에서 실력 있고 직책 높은 상층부 사람들이었다.

함께 테이블에 둘러앉아도 음식이 넘어갈 것 같지 않았다.

아저씨 입장에서는 재미있는 장난감을 발견한 정도의 심경이었다. 게다가 『소꿉친구(이거)』를 옆에 두면 평소보다 더 바쁜 간판 아가씨도 이 테이블에 빈번히 와줄 것이다.

그런 타산으로 소년은 가게 안에서도 손꼽히는 『무서운 테이블』에 앉게 되었다.

"루디, 주문은 어떻게 할래?"

"어……."

"어이, 슈미트. 사양할 것 없어. 자, 마셔."

"윽?! 예!"

"아직 한 사람 몫은 못 하니 이 정도부터 시작하도록 해."

"예!"

소꿉친구가 건네받은 술잔에 술이 콸콸 부어지는 모습을 본 라티나는 황급히 주방으로 몸을 돌렸다. 저 상황이라면 순식간에 뻗어버릴 것이다. 큰 유리잔을 잡아서 찰랑찰랑하게 물을 따랐다.

상사의 갑질이나 음주 강요가 문제라는 개념 따위는 이 세계에 존재하지 않았다. 『윗사람』이 한 말이라면 흰색이 검은색이 되지는 않더라도 진한 회색 정도라고 생각해야 했다. 사회란 부조리한 곳이었다.

『어린이』의 음주는 기본적으로 불가하지만, 그렇다면 무엇을 기준으로 『성인』이라고 하느냐는 문제와 직면하게 된다.

기본적으로 라반드국에서 성인으로 취급되는 기준은 18세다. 하지만 데일의 고향 티스로우처럼 15세부터 성인으로 취급하는 문화권도 존재했다. 그렇기에 나이를 성인의 일률적인 기준으로 삼지는 않았다.

대개 그 정도 나이에 취직하고 자립하며, 남녀 모두 결혼 적령기를 맞이한다는 일종의 기준에 불과했다.

초등 학습을 끝낸 크로이츠의 대다수 어린이는 각자 잡일꾼이라는 형태로 취직한다. 그러다 『수습』 기간을 거치고 일단 『한 사람 몫』은 하게 되는 무렵에 『성인』으로 취급받기 시작했다.

자신의 힘으로 돈을 벌고 자립한 생활을 영위하는 자라면 상식 범위 내에서 자신의 행동 또한 본인이 책임져야 했다.

헌병대에서 일반 대원으로 인정받은 루돌프나, 비슷한 또래여도 모험가로서 의뢰를 소화하고 있는 젊은이들이 『춤추는 범고양이』에서 술을 마시고 있어도 야단칠 이유는 되지 않았다.

그렇다고는 해도 아직 앳된 모습이 남은 루돌프가 수많은 싸움으로 단련된 아저씨들이 권하는, 독하디독해 넘기기도 어려운 알코올을 받아들일 수 있을 리도 없었다. 술을 한 모금 마신 후, 그는 성대하게 사레들렸다.

"윽!"

울상이 되어 콜록콜록 기침하는 루돌프를 보고서 일찍이 그 세례를 받았던 아저씨들은 폭소로 화답했다.

"괜찮아? 루디!"

그때 물을 가지러 갔던 라티나가 허둥지둥 달려왔다. 그의 등을 쓸어내리고 빠르게 간이식 『해독』 마법을 외웠다.

"무리하게 마시면 안 돼. 위험해."

어릴 때부터 『범고양이』에서 산 라티나는 급성 알코올 중독으로 쓰러지는 젊은 풋내기 모험가나, 만취해서 의식을 잃은 주정뱅이의 모습을 일상적으로 보았다. 그런 손님을 걱정한 라티나가 그 증상을 회복시키는 『해독』 마법을 배우자 손님은 안심하고 취해 뻗을 수 있다는 악순환이 일어났다. 라티나는 이 마법만이라면 『남색의 신』 치료원의 신관들보다도 훨씬 경험이 풍부했다.

루돌프에게 물을 먹인 라티나는 미간에 살짝 주름을 만들어 주변 단골손님들을 보았다.

"대장님, 일부러 그랬죠."

"오오, 무섭네."

라티나가 위협해봤자 위엄도 위압감도 없었다. 유감스럽게도 아저씨들을 기쁘게 할 뿐이었다.

그리고 『소꿉친구』를 주무르면 본성이 다정한 간판 아가씨가 걱정하여 모습을 보러 온다는 것이 확인 되어 루돌프만 불쌍해졌다.

참고로 어릴 때부터 주정뱅이 아저씨들에게 둘러싸여 자란 라티나는 『주정뱅이라는 생물』에겐 도리가 통하지 않음을 이해하고 있어서 어느 정도 달관한 상태였다.

아저씨들도 그것을 알고 있기에 이 정도로는 『그녀에게 미움받지 않는다』고 생각하여 그런 부분에서는 거리낌이 없었다.

불쌍하게도 그 결과, 루돌프는 간단히 뻗었다.

라티나라는 회복 역할이 없었다면 즉각 『남색의 신』의 치료원에 실려 갔어도 이상하지 않을 만한 참상이었다.

그래도 기죽지 않고 루돌프는 다음 날도 『춤추는 범고양이』를 찾아왔다.

『보호자(데일)』가 부재한 틈에 간판 아가씨에게 접근할 수 없을까 호시탐탐 기회를 노리고 있는 젊은 모험가들은 그들의 아이돌인 라티나와 묘하게 친한 루돌프에게 분명한 적의를 보냈다.

태평한 라티나조차 눈치챌 만큼 껄끄러운 주변 분위기에 그녀는 의아한 표정이 되었다.

"주변 사람들이랑 싸우기라도 했어?"

"아니, 그런 게 아니야."

"흐응…… 무슨 일 있으면 말해줘."

라티나와 그런 대화를 나눈 루돌프는 달콤한 과실주를 입으로 가져갔다.

다른 가게라면 그야말로 『어린애』라며 비웃음 받을 만한, 여성이 좋아할 듯한 상품이었지만 『춤추는 범고양이』에서는 인기 메뉴 중 하나였다.

이유는 매우 단순했는데, 간판 아가씨가 도입한 메뉴이기 때문이었다. 그러나 정작 라티나 본인은 맛은 둘째 치고 술 그 자체에 약한 모양이라, 작은 유리잔으로 절반쯤 맛보고서 새빨개지는 모습이 확인되었다. 맛보는 일도 마음대로 안 되는 것 같았다.

"아가씨는 저 꼬마랑 사이가 좋네."

루돌프와 이야기를 주고받는 라티나의 모습을 알아차린 질베스터가 말을 걸었다. 라티나는 질문의 의도를 이해할 수 없는지 살짝 고개를 갸웃하고서 그의 테이블로 다가가 아무렇지도 않게 대답했다.

"질 씨도 알지? 예전에 자주 왔던 루디야. 지금은 헌병이 됐어."

"……아가씨, 저기 말이다……."

"수습 기간이 끝나서 『범고양이』에 와줄 수 있게 됐대."

아무런 속내도 없이 그렇게 잘라 말한 라티나에게 질베스터는 미묘한 미소로 응했다.

일하러 돌아가는 라티나의 등을 바라보며 질베스터는 한숨을 쉬었다.

"아가씨도 그 녀석한테…… 뭐라고 말할 처지가 아니네……."

그 중얼거림은 아무에게도 들리지 않고 유리잔 속으로 흘러들었다.

그렇게 주위가 걱정하거나 질투하며, 분명하게 드러나는 루돌프의 감정을 눈치채고 있는데 당사자인 라티나는 천진난만한 둔감함을 흩뿌리고 있었다.

그것을 가지고 루돌프를 비웃는 족속도 있었다. 그러나 그녀의 둔감함은 너무나도 명확했기에, 루돌프와 제 입장을 겹쳐 보았는지 그 모습은 연적들의 동정조차 유발했다.

그래도 루돌프는 꺾이지 않고 『범고양이』를 매일같이 찾아왔다. 그는 소꿉친구의 둔감함도 이해하고서 도전하고 있었다. 이 정도로 좌절하지는 않았다. 소꿉친구로서 매일 얼굴을 마주하면서도 그냥 넘어갔었다. 슬프게도 알아차리지 못하는 것 정도는 익숙했다.

그리고 그 과정에서 그는 눈치챘다.

『밤 축제 대참사』 이후로 라티나와 데일의 관계가 미묘하게 어색해졌다는 것, 그리고 그 관계가 개선되지 않은 채 현재 데일은 일 때문에 집을 비운 상태라는 것을.

루돌프는 라티나가 줄곧 누구를 보았는지 알고 있었다.

라티나는 친구들 사이에서 제일 몸집이 작고 말도 서툴러서 어리게 보였지만 사실 정신면에서는 누구보다도 어른스럽다는 것을 친구들은 잘 알았다.

그런 그녀가 『보호자』이기는 해도 『이성』인 데일에게 보내는 호의가 어리지만 연심이라고 불러야 할 종류라는 사실도 그들은 알고 있었다.

라티나는 한 번도 친구들에게 데일을 『부모 대신』이라고 말한 적이 없었다.

어릴 때부터 똑똑했던 그녀는 그가 자신의 후견인이며 『보호자』임은 이해하고 있었다. 이해하고서, 『사랑하는 사람』으로서 기쁘게 데일에 관해 이야기했다.

그리고 줄곧 그 등을 좇고 있었다.

나이 차이를 좁힐 수는 없더라도 빨리 『어른』이 되고 싶다고, 『어른』으로 취급받을 수 있도록 집안일도 업무도 나이에 걸맞지 않은 훌륭한 솜씨로 소화했다. 부지런하다는 성질도 있지만 그 이상으로 그녀는 언제나, 그의 곁에 쭉 있을 수 있는 여성이 되고 싶다며 애써왔다.

그것을 루돌프는 잘 알았다.

라티나가 사랑하는 사람이 데일이라는 사실을 알고 있었기에, 그가 뒤쫓는 『등』 역시 똑같았기 때문이다.

쫓아가도, 애써도, 간단히 닿을 수 없는 크고 먼 『등』. 그래도 마음을 단념할 수 없어서 필사적으로 노력하여 자신을 갈고닦으며 힘을 길렀다. 주위로부터 그런대로 평가를 받고 인정받아도 아직 부족하다며 더욱 힘썼다.

그렇기에 루돌프는 누구보다도 라티나의 마음을 잘 알고 있었다.

자신의 『마음』과 라티나의 『마음』은 — 따라잡기 위해 거듭해온 시간은 — 다르지만 『가까운 것』이었으니까.

그렇게 여러 가지로 생각한 후, 루돌프는 깊이 한숨을 쉬었다.

'……어떻게 생각해도 지금밖에 기회가 없을 것 같아…….'

몇 번을 고려해도 그런 결론에 이르러서 다시 한숨이 새어 나오려는 것을 삼켰다.

'평소 라티나로 완전히 돌아오면…… 말할 기회는 없겠지…….'

『보호자』의 부재도 며칠이 지나자 라티나는 얼핏 보기엔 『평소대로』 돌아온 것처럼 행동했다. 하지만 루돌프의 눈에는 역시 무리하고 있는 것처럼 보였다.

그녀를 이렇게 울적하게 만들 수 있는 『그』에게 느끼는 감정이 질투임을 자각한 것도 꽤 오래전 일이었다.

루돌프는 유리잔 안으로 시선을 떨어뜨리며 더욱 생각에 잠겼다.

주위의 소란은 멀어졌지만 그래도 자신의 귀는 무의식중에 라티나의 목소리를 주워 담았다.

'약아빠진 수단……이라고 말하고 있을 때가…… 아니지.'

라티나가 약해진 틈을 이용할 수는 없다고 멋지게 말할 수 있는 처지는 아니었다. 그런 말을 할 수 있을 만큼 자신의 조건이 만만하지 않음은 아주 잘 알았다.

기회는 뭐든 이용하는 것이『전장』에서의 마음가짐이었다.

'아무것도 하지 않고 포기할 수 있었다면…… 몇 년이나 이러고 있지 않는다고.'

『빨강의 신의 밤 축제』날 밤. 라티나가 귀까지 빨갛게 물들이고 희미한 떨림을 억누르면서 외친 필사적인 목소리에 눈앞이 아찔해졌었다.

그 목소리와 표정을 받는 것에 대한 선망과, 아무것도 하지 못한 채 자신의 마음이 끝나 버리는 것인가 하는 절망에.

그렇기에 지금, 다시 주어진 기회를 멀뚱멀뚱 쳐다보기만 하며 잃을 수는 없었다.

『보호자』가 눈을 빛내며 지키고 있을 때는 역시 너무 무서워서 시도할 수 없을 것 같았다.

만에 하나 있을 법한 기회는 라티나가 약해져 있는 지금밖에 없다.

독백 속에 상당히 한심한 대사를 군데군데 넣으면서 루돌프가 결의에 찬 표정으로 얼굴을 들자 깜짝 놀랄 만큼 가까운 곳에 라티나의 얼굴이 있었다.

너무 놀란 나머지 유리잔을 떨어뜨릴 뻔해서 황급히 테이블에 놓았다. 짤가닥, 심정을 나타낸 시끄러운 소리가 작게 울렸다.

"왜 그래? 루디. 표정이 복잡해 보여. 고민이라도 있어?"

라티나는 반듯하고 사랑스러운 얼굴을 걱정스럽게 흐리고, 커다란 회색 눈망울로 루돌프를 똑바로 바라보았다.

어릴 때부터 변함없는 동작.

이성이 자신에게 보내는 호의와 욕망에 무관심하기에 어릴 때부터 변하지 않는 거리감이었다.

조금만 손을 뻗으면 만질 수 있을 만큼 가까이서 무방비하게 미소 짓는 라티나가 얼마나 자신을 부추기는지도 그녀는 알지 못했다.

"루디?"

거듭된 질문에 제정신으로 돌아왔다. 꼴깍, 크게 목을 울리며 뜻밖의 긴장감도 함께 삼켰다.

라티나는 루돌프의 그런 모습을 눈치채지 못하고 그가 소리 내며 내려놓은 유리잔으로 시선을 보냈다. 그 안이 거의 비어 있는 것을 보고 기뻐하는 표정이 되었다.

"루디, 이거 자주 마셔주네. 어때? 맛있어? 아니면 좀 더 단맛을 줄이는 편이 좋을까?"

"괜찮아. 이 정도가 좋다고, 생각해."

자신이 맡은 메뉴의 완성도가 신경 쓰인 라티나가 더욱 몸을 앞으로 기울였고 그 기세에 약간 눌리면서 루돌프는 수긍하며 대답했다.

그의 대답을 듣자 라티나는 꽃이 활짝 피어나듯 근심 없이 웃었다.

순수하게 예쁘다고 생각한 순간. 루돌프는 조금 전까지 품고 있던 번민을 잊었다.

남은 것은 정말로 단순한 말과 지금 말하지 않으면 후회할 것이라는 강박 관념과도 닮은 결의뿐이었다.

"라티나."

"응?"

"좋아해!"

"어?"

간결하게 울린 말의 내용을 이해할 수 없다는 듯이 라티나는 커다란 눈을 깜박였다.

"나는 라티나를 보러, 이 가게에 오고 있어."

"……흐아?"

"줄곧 라티나를, 좋아했어. ……그것뿐이니까."

"흐아……."

묘한 음성으로 대답하는 라티나의 얼굴을 직시할 수 없어서 루돌프는 거기까지 잘라 말하고 자리에서 일어났다.

돌아보지도 않고 곧장 가게 출구로 향했다. 미지근한 밤바람은 달아오른 뺨을 식히기엔 역부족이었다. 방금 막 나온 가게 안에서 테이블을 뒤엎은 듯한 엄청난 소리가 나고 있다는 것조차, 세차게 뛰는 자신의 심장 소리만으로도 버거운 루돌프의 의식에는 닿지 않았다.

"뭐야? 무슨 일이야?!"

무시무시한 소리를 듣고 케니스가 주방에서 가게 안으로 뛰어드니 어지러이 흩어진 그릇과 유리잔 중앙에 주저앉은 라티나가 있었다.

"무슨 일이야?!"

"흐아!"

확연하게 평범하지 않은 상황에 케니스가 굳은 표정으로 묻자 어째선지 쟁반을 끌어안고 멍하니 있던 라티나는 움찔 튀어 올랐다. 그리고 흩어진 식기류를 새삼 허둥지둥 둘러보기 시작했다.

"떠…… 떨어뜨려 버렸어…… 죄, 죄송해요……!"

"다치진 않았어?"

아무래도 사건은 아닌 것 같다고 판단하여 케니스는 표정과 목소리를 누그러뜨리고 물었다. 라티나는 너무 늦은 타이밍이었지만 그제야 식기류가 깨진 것을 알아차린 모양이었다.

"흐아아…… 죄송해요, 접시, 깨졌어……! ……아야!"

라티나는 반사적으로 파편으로 손을 뻗었다가 움찔하며 다시 거두어들였다. 아무래도 그 바람에 베인 것 같았다.

"괜찮아?"

"살짝 베였을 뿐이야…… 회복 마법이 있으니까 괜찮아……."

"그대로 움직이지 말고 잠깐 기다려. 지금 청소 도구를 가져올 테니까."

"흐아아…… 죄송합니다……."

한심한 목소리로 어깨를 축 떨어뜨린 라티나를 두고서 케니스는 다시 주방으로 돌아갔다.

라티나는 어릴 때부터 『춤추는 범고양이』 일을 도왔지만 이렇게 큰 실수를 한 적은 없었다.

케니스는 고개를 갸우뚱하며 빗자루를 잡았다.

그리고 그런 간판 아가씨의 실수를 본 단골손님들 또한 케니스와는 다른 이유로 당황하고 있었다. 그들은 자신들의 아이돌인 소녀가 고백받는 순간을 목격했다.

모든 손님이 그렇다고는 할 수 없지만, 많은 손님이 사랑하는『이 가게의 술안주』는 간판 아가씨의 사랑스러운 일거수일투족이었다. 누군가는 그녀의 모습을 보고 있는 것이 이 가게의 통상적인 광경이었다.

그런 상황에서 발생한『고백』이었다. 소년의 그 행동은 때에 따라서는 제재 대상이 되는 종류였지만, 꾸짖을 틈도 없이 당사자는 가게를 나가 버렸다. 게다가 그런 일을 신경 쓸 필요가 없어질 만한 충격이 라티나의 이 허둥대는 모습이었다.

놀릴 새도 없었다. 얼버무릴 새도 없었다.

친위대(팬클럽) 개설 이래 첫 대사건이지만, 태클 걸 타이밍을 놓치고 말았다.

"꺄아!"

"라티나?!"

바닥에 생긴 작은 물웅덩이에 발이 미끄러져 철퍼덕 넘어진 라티나를 보고 케니스가 다시 당황한 목소리를 냈다.

모두가 처음 보는 라티나의 모습이었다.

그 뒤로도 라티나는 마음이 딴 데 가 있는 상태로 실수를 연발했다.

예를 들면— 주문을 잊어버렸다. 같은 음식을 손님에게 가져갔다. 잠시 시간을 두고 조금 전까지 자신이 뭘 하고 있었는지 잊어버려서 두리번거렸다. 그리고 몇 번인가 철퍼덕 넘어졌다. 그런 식이었다.

"흐아아아…… 죄송해요…… 죄송해요……!"

그럴 때마다 한심한 목소리를 내며 빨개진 얼굴로 꾸벅꾸벅 고개 숙여 사과했다.

희소한(레어) 모습을 보았다. 그녀의 그런 실수와 얼빠진 행동조차 허용하는 분위기가 『춤추는 범고양이』 단골손님들 사이에 완성되어 있음을 확인한 것이야말로 무엇보다 불운한 『사건』이었다.

다음 날 아침에도 라티나의 얼빠진 상태는 계속되었다. 항상 하는 작업인 아침 오믈렛 만들기조차 실패하여 절반은 스크램블드에그가 되었고 남은 절반은 일부가 탔다.

오믈렛을 만든다는 익숙한 작업조차 실패했다는 사실에 더욱 혼란 상태에 빠진다는 악순환이 가져온 결과였다.

"누나, 달걀이 써."

"미…… 미안해, 테오……."

"누나는 어쩔 수 없다니까."

"멍."

테오는 우물우물 아침을 먹으며 어린아이의 특권을 발휘하여 생각한 평가를 거침없이 말했다.

윗사람 같은 태도의 코멘트이기는 했으나 옆에서 보고 있던 빈트까지 동의하니 라티나는 더더욱 한심하게 어깨를 움츠렸다.

그런 일련의 사태를 뒤로하고 라티나는 아침 영업을 끝낸 직후, 절친의 집을 방문했다.

"아…… 새삼?"

"새삼스러운 거야?!"

평소 찾아오는 것보다 이른 시간에 문을 노크한 라티나를 보고 클로에는 깜짝 놀란 얼굴을 했지만, 그녀에게 어젯밤 일을 대충 듣더니 첫마디로 그렇게 대답했다.

"뭐, 그 허당(루디)이라면…… 고백한 것만으로도 대단하다고 할까…… 이제야 겨우 했냐는 느낌이라고 할까……."

"어? 어? 클로에, 알고 있었어?"

"알다마다, 아마 라티나 말고는 다들 눈치채고 있을걸."

"뭐어어어?!"

라티나는 깜짝 놀라 외치고서 빨개진 얼굴로 어떻게든 상황을 파악하려고 했다.

"밤 축제 때, 오랜만에 만나서…… 그때, 안 거야?"

하지만 라티나가 꺼낸 추측은 매우 엉뚱했고 클로에는 조용히 고개를 가로저었다.

"아니야, 루디는 쭈욱~ 첫사랑을 키워왔어."

"……?"

거기까지 말해줘도 고개를 갸웃하는 반응을 보이는 절친을 보고 클로에는 하아, 소리 내어 한숨을 쉬었다.

"루디가 라티나를 좋아한 건…… 학교 다니기 전부터라고."

"뭐어어어?!"

알고는 있었지만 예상대로인 라티나의 반응에 클로에의 표정은 한층 더 미묘하게 변했다.

"그럴 수가, 하지만, 루디, 항상 짓궂은 장난만 쳤고."

"알기 쉽네."

"항상 날 놀렸고."

"응. 그러니까 알기 쉽잖아."

"응? 뭐가 알기 쉬워?"

"응. 역시 거기서부터구나."

라티나에게 『좋아하니까 심술궂게 대해버린다』는 발상 자체가 없다는 것을 오랜 친구인 클로에는 어렴풋이 헤아리고 있었다.

이 천진한 아가씨에게는 자신들이 『상식』이라고 생각하는 부분이 빠져 있을 때가 있었다. 가끔 잊어버릴 뻔하지만, 그녀는 이종족이며 태어난 곳도 다른 나라이기에 가치관 자체가 어긋나 있기도 했다.

“루디가 그런 태도를 보인 건 전부 멋쩍음을 감추려는 행동 같은 거였다는 말이야.”

“어……? 그럼…… 루디…… 줄곧……?”

“그래. 줄곧.”

“전혀…… 눈치 못 챘어…….”

“뭐. 루디도 네가 모른다는 걸 분명히 알고 있었으니까.”

“클로에…… 아까 『다들』 안다고 했는데…….”

“그래, 『다들』. 실비아뿐만이 아니라 마르셀도 안토니도. ……다른 녀석들도 알고 있지 않으려나.”

“흐아아아…….”

라티나는 빨개진 얼굴로 울 것 같은 표정을 하고서 이리저리 시선을 옮겼다.

“다음에 어떤 얼굴로 애들을 만나면 좋을지 모르겠어…….”

“그 전에 루디랑 만나는 걸 생각해둬.”

“흐아아……! 맞다, 루디, 최근에 매일 가게에 와……! 어쩌지…….”

“……그러니까, 라티나 널 만나러 왔던 거잖아.”

“그, 그렇게, 말했었어…… 어쩌지……!”

매우 당황한 모습으로 허둥대는 라티나를 보게 되다니 절친으로서도 깜짝 놀랄 사태지만, 라티나는 정말로 이런 상황에 면역이 없는 듯했다.

'아무튼 라티나 주위 사람들은 너무 과보호라니까.'

클로에는 어이없다는 표정으로 다시 한 번 한숨을 쉬었다.

이렇게나 예쁜 미소녀에 성격도 좋고, 어디에 내놔도 자랑스러운 절친이라고 클로에도 당당하게 말할 수 있는 라티나지만, 오늘 이 때까지 이성에게 고백받은 적은 없었던 모양이다.

주위에서 철저히 배제했다고밖에 생각할 수 없었다.

과보호도 정도가 있다. 라티나가 어릴 때처럼 순진무구한 채로 있기를 원하는 누군가가 있는 게 아닌가 하는 의심조차 들었다.

"그래서, 어쩔 거야?"

"……응? 어쩔 거냐니? ……어떤 얼굴을 하면 좋을까……?"

"그게 아니라, 루디 말이야. 어쩔 거야?"

"……루디는 들어줬으면 했을 뿐이라고 말했지만……."

"그걸로 좋을 리가 없잖아. 어떻게 대답할 거야?"

"……역시…… 대답해야겠지……."

라티나는 몹시 난처해하며 시선을 밑으로 내렸다.

"생각한 적 없었어. 루디가 날 좋아한다니."

"……응."

"왜 나일까?"

"……그건 루디에게 직접 물어봐야 하지 않을까?"

"……그치만…… 나는 마인족이고, 수명도 다르고…… 아기도 만들 수 없고……."

"있지, 라티나. 원래대로라면 그건 라티나 쪽에서 해야 할 말 아니야?"

"……?"

클로에의 질문에 라티나는 아주 조금 시선을 들어 절친의 얼굴을 보았다.

"라티나는 「인간족(우리)」이 상대여도 괜찮은 거야? 마인족처럼 수명이 길지도 않고, 모두가 마법을 쓸 줄 아는 것도 아닌 약한 종족이야."

"클로에?"

"라티나 너는 자신을 너무 비하해. 미인이라는 건 그것만으로도 특권이니까. 『언제까지나 젊고 예쁜 채라니 남자들의 이상 아니야?』 정도로 생각해도 좋잖아."

"흐아아……?"

물론 이 친구가 그렇게까지 달관할 수 있으리라고는 클로에 자신도 생각하지 않았다. 그래도 말을 꺼낸 것은 본래 자신의 절친이 받아야 할 평가는 그 정도여도 이상하지 않았기 때문이다.

"라티나는 자기 평가가 너무 낮아."

"그치만…… 나……."

"내 「소중한 절친」이야. 「소중한 절친」을 낮게 평가하는 녀석은 내가 용서 안 해. 그게 라티나 본인이더라도 용서 안 할 테니까."

"클로에……."

"아니면 라티나는 내가 사람 보는 눈이 없다고 말하고 싶어?"

"아니야."

황급히 고개를 휘휘 젓는 라티나를 보고 클로에는 아주 조금 표정을 풀고서 말을 이었다.

"라티나가 고향에서 어떤 일을 겪었는지는 몰라. 내가 아는 건 크로이츠에서 만난 「소중한 절친」뿐이야. 하지만 그것만으로도 충분하고, 그것만으로도 나는 라티나가 소중하다고 당당히 말할 수 있어."

"클로에……."

"그러니까 자신감을 가져도 돼. 자신을 바보 취급하는 발언만 하는 건 루디를 바보 취급하는 거나 마찬가지잖아."

"응…… 알겠어. ……제대로 생각할게."

"뭐. 그 녀석이 바보인 건 사실이긴 하지만."

"흐아?!"

클로에가 진지한 얼굴로 소꿉친구를 폄하하는 발언으로 연결하자 라티나는 너무 놀란 나머지 무심코 심각함을 잊어버렸다.

생각한 대로 반응하는 라티나를 보고 속으로 웃음을 죽이면서 클로에는 절친에게 심술궂은 미소를 보냈다.

"다음에 실비아랑 만날 때는 이 얘기로 꽃을 피울 테니까 각오해."

"흐아아……."

새빨개져서 허둥대는 절친이 평소 모습으로 돌아오고 있음을 헤아리고 클로에는 무슨 말로 놀릴까 더욱 머리를 굴렸다.

라티나는 너무 성실하니 주위 사람들이 가끔 진지 모드를 깨주는 편이 딱 좋았다. 그것이 오랫동안 『절친』으로 있는 클로에의 주장이었다.

클로에네 집에서 돌아온 후, 라티나는 케니스에게 어젯밤 일을 상담했다.

소꿉친구에게 고백받았고 그것 때문에 동요하여 허둥댔다는 것도 숨기지 않고 솔직하게 이야기했다.

"그래서 깜짝 놀라서…… 어쩌면 좋을지 알 수 없게 돼서…… 여러 가지로 실수해버렸어. 사적인 문제를 일에까지 끌어들여서 미안해."

"……누구든 그럴 때는 있어. 다음엔 좀 더 능숙하게 처리하도록 해."

"응. 정말로 미안해. 그래서 있지, 케니스. 아마 루디는 오늘도 올 거야. 오면 잠시 일 빠지고 얘기해도 될까?"

"……알겠어. 그때 되면 말해."

케니스는 한숨을 죽이고 그렇게 대답했다. 가게 안에서 그녀가 『이야기』를 한다면, 그 손님들이 어떻게 반응할지 예상도 할 수 없었다. 적어도 상대 소년이 입은 마음의 상처가 평생 갈 만한 트라우마가 되지 않도록 해야 할 것이다.

아무튼 상대는 친한 소꿉친구, 라티나에게 있어 『특별한 쪽』 인물이었다. 조금은 고려해줘야 했다.

'마침내 이날이 오고 말았나.'

그 생각을 하면 케니스는 한숨을 연발할 것 같았다.

라티나 주위에 그녀를 좋아하는 젊은 남자들이 몰려들지 않았던 것은 『보호자들』이 엄중히 감독함과 동시에 그들 사이에도 『혼자

튀는 짓 금지』라는 분위기가 있었기 때문일 것이라고 케니스는 분석하고 있었다.

그러던 중에 『최초의 한 명』이 나타났으니, 현재의 균형은 무너지리라.

'이렇게 되기 전에 데일도 태도를 확실하게 정해줬으면 했던 건데…….'

라티나에게 마음이 있는 녀석들이 가장 활발해지는 것은 데일이 부재중일 때였다.

어린 채로 있을 수는 없는 라티나를 앞으로 어느 정도까지 지키면 좋을까. 어디서부터 그녀의 경험이라고 맡기면 좋을까.

그것은 데일이 부재중일 때 그녀의 가장 큰 뒷배가 되는 『스승』 케니스에게도 어려운 과제였다.

이윽고 그때가 찾아왔다.

라티나는 새로운 손님의 기척에 시선을 돌리며 반사적으로 목소리를 냈다.

"어서 오세……."

그 상대가 어떤 의미에서 『기다리던 사람』임을 깨닫고 이번에는 떨어뜨리지 않도록 쟁반을 든 손에 힘을 주었다.

"……루디."

"……여어."

바로 어제 그런 일이 있었으니, 가게 안에 있는 모든 이의 관심이

서로 어색하게 응대하는 소년과 소녀에게 향하는 것도 어쩔 수 없는 일일지도 몰랐다.

라티나는 케니스에게 말하고 그대로 가게 뒤편, 주방에서 이어지는 곳으로 루돌프를 데려갔다.

항상 테오와 빈트가 놀고 있는 뒷마당 같은 그곳에는 가게 앞쪽에는 없는 생활감이 감돌고 있었다.

불편한 침묵을 털어내고자 라티나는 어색하지만 분명한 목소리로 말을 꺼냈다.

"저기…… 있지, 루디…… 어제……."

"……어."

"깜짝 놀랐어. 전혀 눈치 못 챘었거든."

"……알고 있어. 라티나 네가 나를 그런 눈으로 본 적이 없다는 건 눈치채고 있었으니까."

숨을 삼키는 라티나의 모습을 조용히 바라보며 루돌프는 이야기를 계속했다.

"라티나 네가 줄곧 누굴 봤는지도 알아. 그러니까 대답을 들을 생각은 없었어. ……하지만 마음만이라도 전해두자고. 그렇게 생각했어."

"루디……."

라티나는 다시 숨을 삼키고서 고개를 숙였다. 자신의 마음을 진정시키기 위해 심호흡했다. 클로에한테 듣고 루디의 마음을 안 뒤인데도 똑바로 마음을 전하는 말을 듣자 조금 괴로워졌다.

라티나는 잠시 후 얼굴을 들었다. 그리고 부끄러운지 뺨을 붉히고 살짝 시선만 올려서, 그가 예상은 했으나 『가장 듣고 싶지 않았던 말』을 입에 담았다.

“미안해, 루디…….”

“……그래.”

잠긴 목소리지만 대답할 수 있었던 것은 그것이 어느 정도 『알고 있던 대답』이었기 때문이리라.

“미안해, 나는 데일을 좋아해.”

“……알고 있어.”

“아직 데일한테 어린아이 취급받고, 전혀 상대해주지 않지만, 포기할 수 없어.”

“……알고 있어.”

“그러니까, 미안해. 나…… 루디의 마음에는 이렇게 대답할 수밖에 없어. 하지만.”

조금 어색하게. 라티나는 평소와는 살짝 다른 어딘가 매혹적인 미소를 루돌프에게 보냈다.

“고마워, 루디. ……나를 좋아해줘서…… 고마워.”

상기된 얼굴도, 물기 어린 눈동자도, 달콤하고 다정한 목소리도 — 지금 라티나가 보이는 것은 『자신에게 보내주길 원했던』 모습이었다.

그래서 루돌프는 조금 더 힘낼 용기를 가질 수 있었다.

“포기할 수 없는 건 나도 마찬가지니까.”

그렇게 말하고 라티나의 회색 눈동자를 똑바로 보았다.

그녀에게 지지 않을 만큼 빨개졌다는 자각은 있지만 목소리를 떠는 일은 없었다.

"루디……?"

"라티나 네가 누굴 좋아하는지도, 그쪽에서 너를 상대해주고 있지 않다는 것도 알고 있으니까…… 네가 포기해도 좋다고 할 때까지 기다릴 생각이니까."

"……읏."

"그때, 나를 떠올려 주면 돼."

가게에서 나온 불빛을 반사하여 루돌프의 가슴 부근에서 언뜻 빛이 보였다.

그것이 무엇인지 그녀가 모를 리 없었다.

예전에 자신의 일부였던 존재. 그것을 그가 소중히 가지고 있는 이유도 그녀는 마침내 이해했다.

가느다란 손가락을 뻗어서 『그것』을 만지자 가까워진 거리에 루돌프가 움찔하며 몸을 굳혔다. 라티나는 그것을 꾹 쥐고 숨을 불어 넣듯 입술을 가까이 가져갔다.

"고마워, 루디."

감사와 기쁨을 예전 자신의 일부에 실었다.

"미안해. 하지만 정말로, 고마워……."

그녀의 손가락이 떨어져도 왠지 은은한 온기가 남은 것 같았다.

라티나가 『춤추는 범고양이』 안으로 돌아간 것을 확인하고 루돌프는 벽에 등을 기대고서 주르륵 주저앉았다.

"……윽!!"

목소리는 삼켰다.

라티나가 무슨 말을 할 것인지 알고 있었어도 괴롭지 않을 리가 없었다.

그래도 자신의 마음을 전한 것을 후회하지는 않았다. 『단순한 소꿉친구』에서 자신을 『이성』으로 인식해주는 것만으로도 현재로써는 더없이 좋은 상황이었다. 그렇게 자신을 타일렀다.

라티나 앞에서는 계속 허세를 부렸다.

어떻게든 그렇게 할 수 있었다.

좋아하는 그녀 앞에서 한심한 모습은 보이고 싶지 않았다. 따라잡고 싶은 『등』에 지고 싶지 않았다. 멋있는 척하는 것이 지금 루돌프가 할 수 있는 『최선』이었다.

"이제 됐어?"

"응."

주방으로 돌아온 라티나에게 케니스가 걱정스러운 목소리로 말을 걸었다. 고개를 끄덕이며 대답한 라티나는 상당히 후련해진 표정으로 안정을 되찾은 상태였다.

데일과 관계가 꼬이기 전의 그녀로 돌아온 모습이었다.

척척 일을 처리하는 모습도, 그늘 없는 미소도 원래대로였다.

그날 밤, 다락방에서 잠옷으로 갈아입고 머리를 빗는 라티나의 표정에서도 슬픔은 사라져 있었다.

"데일에게 분명히 전하기로 했어."

"멍."

옆에 엎드려 있는 빈트에게 말하는 목소리도 또렷했다.

곁에 있던 소꿉친구의 마음을 눈치채지 못했던 자신.

부족한 말로 데일에게 마음을 전했다고 생각했다니, 정말로 염치 없는 짓이었음을 자각했다. 항상 옆에 있다고 해도 모든 마음을 알 수 있을 리가 없었다.

간단히 포기할 수 없는 마음이라면 몇 번이고 도전해야 했다.

데일이 당장 받아줄 것이라고는 자신도 생각하지 않았을 터였다.

"다시 한 번 힘낼 거야. 다음이 안 되더라도, 다시 힘내면 돼."

"멍."

"그 전에 데일에게 미안하다고 해야겠지. 난처하게 해서 미안하다고. 그리고 제대로 다시 말할 거야."

빈트를 꼭 끌어안아도 그 표정에는 이제 비장감도 괴로움도 없었다. 그저 분명한 결의만이 눈동자에 깃들어 있었다.

"데일이 나를 『어린아이』라고 여긴다는 건 알고 있었는걸. 그 정도로 좌절해서는 안 됐어."

"멍."

"그러니까 다시 내일부터 힘낼 거야."

자신의 마음을 포기할 수 없다고 재확인했다.

좌절하고 위축되어 있을 여유 따위 없었던 것이다.

아직 자신은 『이상적인 성인 여성』과는 거리가 멀었다. 더 열심히 노력해도 아직 부족했다.

그래도 자신을 『좋아한다』고 말해주는 사람이 있었다. 자만할 수는 없지만 조금은 자신감을 가지기로 했다. 노력해온 것은 헛되지 않았다.

"포기할 생각은 없는걸. 그렇다면 힘낼 수밖에 없어!"

"멍."

응원해주는 『친구』의 온기를 느끼며 라티나는 새로이 결의를 다졌다.

†

—그로부터 며칠 뒤.

왕도에서 온 편지 한 통이 크로이츠의 『춤추는 범고양이』에 도착했다.

거기에는 데일이 병으로 쓰러졌다고 간결한 문장으로 적혀 있었다.

3. 청년, 백금의 소녀와 자신의 마음.

『질병』에는 회복 마법이 듣지 않는다. 그리고 온갖 『병』을 관장하는 존재는 『넷째 마왕』이다. 그것은 누구나 아는 당연한 『상식』이었다.

병을 가져오는 것은 『넷째 마왕』의 마력 — 다른 마력에는 없는 독자적인 능력을 가지고 있기에 『마소(魔素)』라는 호칭으로 불린다 — 으로 여겨지고 있었다.

『마소 장애』가 정식 명칭인 그것은 대상의 마력이나 생명력 같은 『기』의 흐름을 틀어지게 했다. 간섭해야 할 그것들이 흐트러져 있기에 마법으로 직접 고치기 어려운 것이었다. 때에 따라서는 마법 간섭이 나쁜 방향으로 작용하기도 했다.

기본적인 대처법으로는 약을 투여하여 증상을 억제하고, 가능하다면 『체력 회복』 계통의 회복 마법을 병용하면서, 마소의 영향이 몸에서 빠져나가 본래 『기』의 흐름으로 돌아오길 기다릴 수밖에 없었다.

영양 장애나 기생충 등 『마소 장애』 이외의 질병에는 회복 마법이 듣는 것도 있지만 한눈에 분간하기는 어려웠다. 『남색의 신의 신전』이라는 전문 기관에 판단을 맡기는 것이 가장 적절하다고 할 수 있었다.

배정받은 침대 위에 늘어져 뒹굴뒹굴 구르던 데일은 들고 있던 두꺼운 서적을 옆으로 휙 던졌다.

"아…… 질렸어."

요양을 위해 얌전히 누워 있는 생활에 데일은 사흘 만에 질려버렸다.

"몸을 움직이고 싶어…… 검은, 역시 들키겠지만…… 기초 훈련 정도라면……."

데일은 평소 일 때문에 공작 저택에 체재할 때는 서적 등을 통해, 에르디슈테트 공작가라는 국내에서도 손꼽히는 환경에서 얻을 수 있는 최신 지식을 접했다.

사소한 일로 깔보일 수 있는 것이 귀족을 상대하는 『일』이었다. 파고들 틈을 주위에 간단히 줄 생각은 없었다.

그런 이유도 있어서 데일은 일찍이 코르넬리오 사부에게 받은 교육을 배경으로 지금도 기회를 봐서 학습을 이어가고 있었다.

그래도 그것밖에 할 게 없는 상황은 질리고 말았다.

"좋아, 그럼…… 몰래……."

"네가 그렇게 말할 때라고 하인이 보고하더군."

문을 열고 거리낌 없이 들어온 그레고르가 어이없다는 목소리로 말했다.

데일은 진즉에 그레고르의 기척을 눈치채고 있었다. 그렇기에 일부러 뒹굴뒹굴 구르면서 원망스럽다는 얼굴을 친구에게 보내는 것으로 응했다.

"질렸어."

"로제의 『가호』에 의한 치료로 마소의 영향이 최소한으로 억제되어 있다고는 하지만, 완전히 나은 게 아니라는 건 너도 알 텐데."

"아니까 얌전히 누워 있잖아……."

"네 판단으로 격리한 두 병자도 회복기에 들어갔다는 것 같아. 로제도 네 대응에 감탄하더군."

"우리 시골에 『남색의 신』의 신전은 없으니까…… 자신을 지키기 위해 약학과 병리학도 어느 정도는 익혀둘 필요가 있거든."

그것은 데일이 예전에 『일족의 차기 당주』로서 받은 교육 중 일부였다. 일족을 지켜야 할 당주로서 그가 받은 교육은 광범위했다.

그리고 당연하게 그런 교육을 받게 하는 환경을 갖추고 있는 이들이 주변 제후가 두려워하는 티스로우 일족이었다.

실력주의 에르디슈테트 공작을 흡족하게 한 것은 그런 깊은 교양의 영향도 있었다.

"「둘째 마왕」한테는 한 방 먹은 결과였지만 말이지. 자기 보신에 급급하여 은폐하려 했던 해당자에게는 아버지가 제재를 가하겠다고 하셨어."

"뭔가 그건 상대를 동정하게 되는데……."

"주위 취락 조사도 마쳤지만 특별히 이상은 없었고, 병자는 나오지 않은 모양이야. 명백한 이상 사태에 호기심을 드러내지 않고 신중히 거리를 둔 결과겠지."

“은폐 공작을 위해 가도를 봉쇄한 것도 어떤 의미에서는 좋은 방향으로 작용했을지도 모르겠네.”

†

크로이츠를 나와 왕도에 도착한 데일은 그대로 임무에 착수하게 되었다.

유괴되어 끌려간 곳에서 『둘째 마왕』과 조우한 로제의 증언을 확인하는 임무였다. 원래대로라면 척후대만 먼저 보낼 테지만, 목적지에서 『마왕』과 만날 가능성이 컸기에 대적할 존재인 『용사』의 능력을 가진 데일이 동행하는 것이 더욱 알맞겠다고 판단되었다.

로제의 증언을 토대로 추려낸 취락은 가도가 봉쇄되어 『존재하지 않았던 것』이 되어 있었다.

하룻밤 만에 모든 마을 사람이 참살되고 모습을 보러 간 자도 누구 한 명 돌아오지 않은 명백한 이상 사태에, 이 땅을 다스리는 지방 귀족은 은폐를 선택했다. 에르디슈테트 공작이 말하는 소인배이기에 스스로 행동하여 확인하려고도, 나라에 이변을 보고하지도 않고 쉬쉬하며 덮어두는 데서 그친 것이다.

얼핏 보기에 취락 안은 『깨끗』했다.

다만 이루 말할 수 없는 불쾌감이 감돌고 있었다. 인기척이라고는 하나 없는 정적이, 한가로운 시골 풍경과 너무나도 어울리지 않았다.

건물 문을 열어 확인할 때마다 이상함은 겉으로 드러났다.

모든 시체에 『가지고 논』 흔적이 있었다.

어린아이가 장난감을 늘어놓듯이. 장난감을 가지고 놀듯이. 아마도 『둘째 마왕』에게 그것들은 틀림없이 『장난감』이었을 것이다.

어떤 집 안, 벽 한 면을 캔버스 삼아 그린 『그림』을 봤을 때는 전장이 익숙한 일행도 표정을 찌푸렸다. 물감으로 이용된 것이 원형을 잃을 만큼 뭉개진 『무언가』임을 모를 리가 없었다. 너무나도 역겨운 『예술』이었다.

모든 것이 건물 안에서, 때에 따라서는 방 하나에서만 벌어진 끔찍한 행위였다.

그렇기에 이 참살 무대는 겉모습만 보자면 아무 일도 없는 것처럼 그저 정적만을 담고 있었다.

긴장감을 품은 채 목적지인 저택 — 조사 결과, 일찍이 부유한 상인의 별장으로 지어진 건물임을 알게 되었다 — 에 도착했다.

문을 열자 펼쳐진 예상 밖의 광경에 그들은 순간 판단을 망설였다.

로제를 유괴한 범인들의 참살 무대가 되었던 현관 홀. 그곳에 엄청난 수의 시체는— 없었다.

살점 하나 없이 정리되었고, 벽에도 피는 튀어 있지 않았다. 그저 거무칙칙하게 변색된 카펫의 얼룩만이 이곳에서 일어난 일을 증명하고 있었다.

그리고 홀 중앙에는 시간 경과가 느껴지지 않는, 훼손된 곳 없이 싱그러움마저 보이는 『젊은 여자』가 화려하고 호화로운 옷을 입고 그들을 맞이하듯 앉아 있었다. 공허한 눈과 핏기없는 피부색이 그녀가 살아 있지 않음을 증명했다. 언데드 몬스터도 아닐 것이다. 지독하고 괴악한 인형 놀이라는 것이 가장 가까운 감상이었다.

함정임은 분명한 상황.

그래도 『그녀』가 로제의 시녀인 릴리에인 것 같았기에 그 모습을 확인하지 않을 수는 없었다.

함정 탐지에 뛰어난 척후 두 사람이 확인하러 갔다. 하지만 즉각 발동하는 범위 감지형 함정을 회피하는 것은 어려웠고, 고농도 『마소』가 들어 있는 『그것』은 그들의 눈앞에서 터졌다.

로제의 성격이라면 반드시 다시 방문하리라고 내다본 『둘째 마왕』의 『선물』이었다.

질병 폭탄이라고 해야 할 그것이 척후 두 사람을 직격했다.

조금 떨어진 위치에 있던 남은 사람들은 『일류』라는 이름이 부끄럽지 않을 신속한 판단으로, 자신을 지키기 위한 간이식 『장벽』과 발생원을 에워싸 격리하기 위한 『장벽』이라는 이중 마법을 발동해 피해를 최소한으로 억제했으며 화도 피했다.

결국 『둘째 마왕』의 단서나 모습도 찾을 수 없었고, 그들은 『둘째 마왕은 여기에 없다』는 사실을 확인하는 데 그쳤다.

최종적으로 영주의 판단과 똑같은 형태로 이 취락은 버려지게 되었다. 고농도 마소가 그 힘을 잃을 때까지는 터무니없는 시간이 필요했다. 고위 『남색의 신』의 신관이 여럿 모여서 정화 작업을 한다면 불가능하지는 않았지만, 그것도 하루아침에 할 수 있는 일은 아니었다.

함정의 직격으로 『마소 장애』에 빠진 두 사람을 치료한 것은 데일이었다.

고위 가호를 지닌 신관은 『마소 장애』가 잘 일어나지 않았다. 데일은 『최선』이 그것이라고 즉각 판단을 내렸다. 그들 일행에 참여한 우수한 인재는 쓰고 버릴 수 있는 값싼 목숨이 아니었다.

치료하는 데일과 병에 걸린 두 사람은 마차를 이용해 격리 상태를 유지한 채 왕도 — 최고위 『남색의 신』의 신전 — 로 돌아왔다.

그 과정에서 데일도 가벼운 『마소 장애』에 걸리게 되었다. 하지만 왕도에는 로제를 비롯한 고위 『남색의 신』 신관도 많았다. 치료 면에서 최고의 환경이 갖춰져 있는 곳도 이 도시였다.

데일은 중증이 되는 일도 없이, 병다운 증상도 거의 나타나지 않은 안정된 상태였다. 그 결과, 그는 그다지 필요성을 실감할 수 없는 지루하기 짝이 없는 요양 생활을 강요받고 있었다.

"크로이츠에는 연락해줬어?"

"일단 최소한의 상황은 전했지만…… 네가 직접 서신을 쓰면 될 것을."

"아…… 나, 말이지…… 보고서는 쓸 수 있어도 편지는 미묘하게 어려워서…… 그리고 지금, 좀, 보내기 어렵다고 할까……."

"……사랑싸움이라도 했어?"

"아, 아냐……!"

알기 힘들기는 했지만 그레고르로서는 드물게도 농담을 던진 것이었다. 그걸 데일이 모를 리가 없는데 그는 과하게 반응했다.

침대에서 벌떡 일어났다가 그레고르에게 눌려 다시 누웠다.

그런 데일의 반응도 포함하여, 그레고르는 데일이 취한 일련의 이해할 수 없는 행동의 원인이 그의 수양딸 때문이라고 확신했다.

원래는 오라고 불러내도 수양딸과 떨어지고 싶지 않다며 떼쓰는 데일이 불러내기 전에 자주적으로 왕도를 찾아왔다. 그 사실 자체가 생각할 필요도 없이 수상함을 느끼게 할 만한『이상 사태』였다.

그렇게 생각하는 그레고르는 여러 가지 의미에서 데일의 이해자이며 친구였다.

"무슨 일 있었어?"

"으……."

우물거리면서도 데일은 친구에게 사태를 간결하게 이야기했다.

따로 할 일도 없고, 머릿속을 빙글빙글 맴도는 그 일을 토해내고 싶다는 욕구도 있었다. 들어주겠다면 말해버리자.

"라티나가……."

"그래."

"나를, 그, 뭐랄까…… 이성으로 생각하고 있다고…… 고백했어."

"그러냐."

"반응이 싱겁네……."

"뭐. 이상할 것도 없는 얘기잖아."

그레고르의 담담한 대답을 듣고 데일은 미묘한 얼굴로 말을 계속했다.

"그 사실에 동요해서, 살짝 머리를 식히려고…… 뛰쳐나왔어."

"어린애냐."

"반성은 하고 있어……."

자신이 생각해도 그건 아니었다. 동요하여 충동적으로 뛰쳐나와 버렸으나, 꼬박 하루가 지났을 무렵에는 아무리 그래도 이 행동은 아니라는 생각에 이를 정도로 머리가 식었다.

그렇다고 거기서 맥없이 크로이츠에 돌아갈 수도 없었기에 예정대로 왕도로 향한 것이었다.

"나는 앞으로 라티나와 어떻게 하고 싶냐는 말을 들어서…… 지금까지 생각하지 않으려 했었다는 걸 자각했어."

"그래."

그레고르는 데일의 이야기가 길어질 것 같다고 판단하여 시녀를 불러 차를 준비시켰다. 그런 뒤 데일의 침대 옆에 의자를 놓고 앉았다.

"……그리고 새삼 깨달았는데."

데일은 거기서 정말로 미묘한 표정이 되었다.

"나랑 라티나. 열 살 정도밖에 차이 안 나더라고."

"새삼스럽네."

"그렇지."

정말로 새삼스러운, 기본적인 정보였다.

"그치만 라티나, 처음에는 진짜 작아서. 항상 내 무릎 위에서 방긋 웃었으니까, 그 인상이 너무 강했는데! ……다시금 생각해보니 기껏해야 나이 차이 나는 남매 정도라…… 부모 자식 수준은 아니더라고…….”

“내가 그녀와 처음 만난 건 요전번의 그때지만…… 네 이야기를 들었을 때는 정말로 작은 어린애라는 인상이었으니까…… 놀라기는 했어.”

그레고르는 저번에 크로이츠에서 만났던 라티나의 모습을 떠올렸다. 그가 본 라티나는 아직 앳된 인상의 외모이기는 했으나 그것을 뛰어넘을 만큼 침착한 태도의 어른스러운 소녀였다.

“그렇지? 라티나, 예쁘지?!”

“……뭐, 확실히.”

“그치?”

거기서 표정이 헤벌쭉 풀어지는 것은 전혀 변함없었다.

“새삼 생각하면 말이야…… 그 정도 나이 차이 나는 부부는 드물지도 않지…….”

데일은 그렇게 말하고 표정을 진지하게 되돌렸다.

그에게 『친형 같은 존재』인 케니스와 리타 부부도 그 정도 나이 차였다. 어릴 때는 큰 차이인 것 같아도 나이를 먹어 갈수록 신경 쓰이지 않게 되는, 그 정도 나이 차였다.

“첫 만남이 너무 어렸어…… 그래서 그 인상을 계속 끌고 왔지만…… 이제 라티나는 『어린아이』가 아니게 되어버리는구나.”

후우, 한숨을 쉬고 데일은 시선을 이리저리 옮겼다.

“『보호자』여도, 『타인』이고 『남자』인 내가 라티나와 늘 함께 있는 건…… 하면 안 되는 일, 이겠지.”

“……저열한 의심을 하는 족속은 어디든 있으니까.”

“그렇지. 내가 라티나의 『보호자』라면 내 쪽에서 생각했어야 할 일이었어…….”

케니스가 「라티나의 마음을 받아들일지 말지 확실히 하라」고 다그쳤던 것을 생각하는 동안, 동시에 그 이면에 있는 「받아들이지 않을 거라면 그 입장도 명확히 하라」는 뜻에도 생각이 미쳤다.

이대로 자신이 『보호자』로 있기를 선택한다면 그녀와의 사이에 분명히 선을 그어야 한다는 말이었다.

라티나가 『어른』이 되기 전에 명확하게 거리를 벌려야 했다. 주위에서 그녀에게 악의적인 추측을 보내기 전에 싹을 뽑아야 했다.

남자인 자신은 어떤 저열한 소문이 나더라도 크게 상관없었다. 하지만 『여자』인 그녀에 관해 그런 소문이 나서는 안 됐다.

“라티나랑 내가 찰싹 달라붙어 있는 건 보통이니까.”

“너…….”

“객관적으로 보면 그건, 뭐…… 그런 관계로도, 보이겠지.”

『어린아이 취급을 하고 있다』는 것도, 확실히 자각하고 보니 그랬다. 자신은 전혀 의식하지 않고서 그녀와 한 이불을 덮고 편히 잠들기도 하니까, 맞는 말이었다.

다 큰 여자아이를 상대로 할 행동은 아니었다.

"그래서, 너는 어떻게 하고 싶어?"

"음……."

시녀가 준비한 다기를 입으로 옮기는 그레고르를 곁눈질로 보고서 데일은 자신 속에 있는 말을 찾았다.

"나는, 아마도…… 라티나와 함께 있고 싶은…… 거겠지. 앞으로도 계속…… 라티나가 누군가에게 넘어가는 건 싫고, 이대로 내 곁에 있어줬으면 좋겠어."

그것이 아마 자신 안에 있는 가장 단순한 대답이었다.

주위에서 보기에도 분명했던 단순한 소망이었다.

『언젠가 죽을 것』을 받아들이고 아무것도 추구하려 하지 않았던 자신이 유일하게 바란 『존재』. 그것이 라티나였다.

지금도 언젠가 남겨두고 떠날 것을 생각하면 가슴이 아팠다. 하지만 그것도 받아들여 준다면, 한정된 시간 동안만이라도 자신의 이기심에 어울려주는 걸까. 옆에서 행복하게 미소 짓는 『치유』로 있어주는 걸까.

"그럼 『그렇게 하는』 게 가장 손쉬운 방법이지……."

질문받아 깨닫고 말았다.

지금보다 조금 더 어른이 된 그녀가 자신 옆에서 행복하게 미소 지어준다면— 그건 얼마나 행복한 미래인가, 하고

그 『행복』을 주는 것이 다른 누구도 아닌 자신이라면, 그것과 맞바꿀 만한 것은 없다고.

자신이 누구보다도 행복하게 해주고 싶은 소녀를 행복하게 하는 역할은 자기 자신이어도 괜찮다고, 깨닫고 말았다.

"원래 나는…… 내가 정략결혼을 하게 될 거라고 생각했는데."

"그래."

특이한 일족인 티스로우에 관해서는 그레고르도 알고 있었다. 『티스로우』는 라반드국의 하위 귀족보다도 훨씬 힘을 가진 『일족』이었다. 공작가로서 주의를 기울이지 않을 이유가 없었다.

데일은 차기 당주의 의무로서, 일족에게 유익할 상대와 연을 맺기 위한 정략결혼을 받아들이는 데 아무런 의문도 품고 있지 않았다.

나이나 미추는 말할 것도 없고, 때에 따라서는 처음 만나는 상대와 혼인을 맺게 되더라도 어쩔 수 없다고 달관하고 있었다.

"감정은 제쳐놓더라도, 누가 상대가 되든지 성실한 남편은 되자고 생각했었어. 그래, 그야말로 라티나보다 어린 상대더라도 신경 쓰지 않을 작정이었지."

"정략결혼이라면 드물지도 않네."

"맞아."

차기 당주 자리를 동생에게 맡기게 되면서 그 역할 또한 자신의 것이 아니게 되었지만, 그렇다고 새롭게 자신의 결혼 상대를 찾자는 생각도 들지 않았다.

"그러니 분명 「나의 소중한 라티나」와 함께 있을 수 있는 선택은 내게도 행복한 「선택」이야."

주위가 시끄럽게 굴었던 것은 자신을 걱정했기 때문이리라는 것도 쉽게 상상이 갔다.

라티나는 『마인족』이다.

『인간족』인 자신들보다도 훨씬 긴 시간을 가진 그녀. 그런 그녀의 행복을 지켜보는 것이 자신의 행복이라면서 거기에 시간을 쓰다 보면 점점 『시간의 차이』가 나타났을 것이다.

'눈치챘을 때 나는 할아버지가 되어 있었겠지…….'

『여전히 젊은 그녀 곁에서, 자기 자신의 행복은 뒷전인 채 늙어가는 자신』의 모습을 주위 사람들은 쉽사리 상상할 수 있었을 것이다.

걱정 끼칠 만한 이유였다.

냉정히 생각하면 자신이 보기에도 그런 미래밖에 없었다.

"하지만 그 문제는 제쳐두기로 하고."

"뭐?"

데일의 목소리 톤이 바뀌었다. 어이없어하며 되묻는 그레고르에게 데일은 평소처럼 태평한 어조로 대답했다.

"뭐, 그건 아직 「나중 얘기」야."

"……그래?"

"그치만, 라티나는 아직 「어린애」니까."

데일은 손을 허공에 띄워 완만한 곡선을 그렸다. 거의 기복이 없는 그 곡선이 무엇을 의미하는지 그레고르는 되묻지 않았다.

"본격적으로 어떻게 할지는 라티나가 좀 더 자란 다음이지."

데일에게 『소녀』를 대상으로 삼는 성벽은 없었다.

그런 점도 있어서, 데일이 보인 난처한 웃음은 쑥스러움과 본심에서 나온 쓴웃음이 반반씩 섞인 모습이었다.

그때 노크 소리가 울렸다.

"들어와."

그레고르의 승낙을 받고 방에 들어온 시녀는 이 저택의 하인답지 않게 당황한 기색을 내보이고 있었다. 라반드국에서도 최상류 집안인 이 저택에서 일하는 자들은 하인으로서의 교육도 일류 수준으로 철저히 받았다. 웬만한 사태에는 동요하지 않고 대응해 보이는 것이 보통이었다.

조용한 목소리의 보고를 들은 그레고르도 놀란 표정으로 바뀌었다.

사태에 의문을 느낀 데일이 그 이유를 캐묻기 전에 『그 이유』가 방 안으로 들어왔다.

그레고르는 똑바로 서는 것으로 응했지만 침대 위에 있는 데일은 옷차림을 단정히 할 여유가 없었다.

일어나 예의를 갖추려는 데일을 상대가 한 손으로 제지했다.

"아버지."

그레고르가 그렇게 부른 상대는 백발 노경에 접어든 인물이었다. 그레고르의 부친이라는 것도 수긍이 가는 서늘한 눈매의 반듯한 외모를 지닌 남성이었다.

거기 존재하는 것만으로도 주위 사람들이 자세를 바로잡게 하는 풍격을 지니고 있었다. 외모가 무섭지는 않았다. 굳이 따지자면 온화해 보이는 인상 쪽이 강했다. 하지만 그가 그것뿐인 남자일 턱이 없었다.

라반드국 굴지의 명가, 에르디슈테트라는 가문명을 짊어진 남성. 블라디미르 로트 에르디슈테트. 이름 안에 『빨강(로트)』이 들어가 있는 것은 라반드국의 왕위 계승 자격이 있음을 의미했다. 명실공히 이 나라에서 왕 다음가는 권력을 가진 남자였다.

그런 그가 몸소 자신을 찾아올 이유가 생각나지 않아서 — 공작 각하의 지위라면 아무리 데일이 요양 중이더라도, 용건이 있다면 불러내는 것이 당연했다 — 데일은 곤혹스러웠지만 그것은 순식간에 날아갔다.

공작 각하의 등 뒤에 숨어서 익숙한 백금빛 머리카락을 빛내는 소녀가 그를 보고 있었기 때문이다.

“아무래도 용태는 안정된 모양이군.”

“예.”

그렇게 말을 걸어온 공작에게 대답한 데일은 표면상으로는 냉정함을 가장하고 있었다. 하지만 마음속은 동요로 혼란의 극치에 이른 상태였다. 머릿속이 빙글빙글을 넘어서 뱅그르르 쾅쾅 한 상황이었다.

“소문이 자자한 자네의 「딸」이 와 있네. 걱정을 끼쳤으니 말이지.

사랑받고 있군."

"……예."

괜찮은 대답도 떠오르지 않아서 짧게 응했다.

절찬 혼란 중인 머릿속은 대답을 생각할 여유가 없었다.

여러 가지 의미에서 아직 마음의 준비가 되어 있지 않았다.

'……도망치면, 안 될까?'

한심한 결론이 슬쩍 부상한 것을 전력으로 다시 가라앉혔다.

그런 데일 옆에서, 낯익을 터인 소녀는 낯선 모습으로 에르디슈테트 공작에게 나무랄 데 없는 감사 인사를 표하고 있었다.

"공작 각하, 과분한 후의를 베풀어주신 점, 깊이 감사드립니다."

상대는 평범한 평민이 평생 만날 수도 없는 궁중 사람이었다. 그런데도 그녀는 긴장한 모습이기는 했지만, 거동 하나하나에 떨림도 두려움도 없었다.

청순하고 아름다운 용모도 어우러져 기품 있는 동작이었다. 상류 계급을 상대하면서도 전혀 수줍어하지 않았다.

"상관없다. 눈이 호강했어."

공작 각하가 부드럽게 눈을 휘며 대답하는 모습에서도 그녀가 공작의 마음에 드는 데 성공했음을 알 수 있었다. 그것을 의식 한 구석에서 이해한 후, 데일은 소녀를 수행하는 복슬이가 살랑살랑 꼬리를 흔드는 모습도 눈치채고 말았다.

하마터면 뿜을 뻔했다.

라티나가 아무리 사랑스럽더라도 그것만으로는 저 공작 각하가 관심을 가지지 않을 것이다. 공작 각하는 그 입장상 아름다운 귀족 영애들을 많이 보아 익숙했다. 다만 라티나처럼 소재 그 자체로 주위를 압도할 수 있는 천연 미소녀는 그리 흔하지 않으나, 그건 그거였다.

그렇다면 외모 말고도 『관심』을 가질 만한 것을 그녀가 보였다는 말이었다.

우선 첫째로는 『자신의 수양딸』이라는 점일 것이다.

자신의 가장 큰 약점이며 가장 큰 역린이었다. 잘못 건드리기라도 했다가는 상대가 누구든 전력으로 보복하겠다는 것을 항상 알리고 있었다.

그녀의 긴 머리가 보기 드문 색채라는 점도 흥미는 끌 것이다. 『마력 형질』이 아닌 희귀한 색. 귀금속보다 나으면 나았지 못하지는 않은 반짝임을 지닌 그것은 진묘한 물건이 모이는 궁중이기에 더욱 그 희귀함을 느낄 수 있었다.

하지만 그런 것보다도.

'라, 라티나…… 왜 「개(저거)」를 데리고 있는 거야……?'

그녀가 데리고 있는 『환수(멍멍이)』의 모습을 보고 흥미를 느끼지 않는다면, 오히려 그쪽이 이상할 것이다. 평소에는 숨기고 있는 날개를 쭉 뻗고 뒷발로 목 근처를 벅벅 긁고 있는 빈트는 데일이 분함을 느낄 만큼 태연한 모습으로 느긋하게 쉬고 있었다.

그녀가 갑자기 나타난 것보다도 그녀가 『멍멍이 동반』이라는 사실에 의문을 가지는 점이야말로 현재 데일의 혼란스러움을 여실히 나타내는 것일지도 모른다.

나중에 자세히 물어보겠다는 표정으로 공작 각하가 퇴실하는 것을 지켜보면서 데일은 여전히 속으로 상황 파악에 힘썼다.

얼마든지 이야기해주겠어. 라티나의 귀여움과 사랑스러움, 착한 모습이라면 말이야! 그런 발상에 이른 것은 혼란의 표출일 것이다. 실제로 봤다면 사랑스러움은 실증됐을 터! 그렇게 한층 더한 발상에 이른 것은『혼란』과 그다지 관계없을지도 몰랐다.

크아, 입을 크게 벌려 하품하는 빈트가 부러웠다.

라티나는 조용히, 어디까지나 예의 바른 태도를 무너뜨리지 않았다.

『본 적 없는』 모습이었다.

줄곧 그녀를 귀여운 소녀라고 생각하고 있었다.

하지만 지금 눈앞에 있는 소녀는 그 말로는 표현할 수 없을 만큼『아름다운』 아가씨였다.

'……왜 이럴 때…….'

현실을 똑바로 직시하라고 주위에서 나무란 것에 관해서도, 이런 그녀의 모습을 보니 대답할 말이 없었다.

지금껏 자신은『눈을 감고 있었기 때문』에 보지 못했다. 그런 말을 들을 만한 짓을 했다.

그렇게 느낄 만큼 지금 눈앞에 있는 라티나는 데일 눈에도 어른스럽게 보였다. 어릴 때의 사랑스러움은 남아 있지만, 그뿐만이 아니라 아름다운 여성으로 자라고 있음을 실감하고 말았다.

그레고르에게 재회 인사를 하는 그녀의 목소리를 멀리 들으면서 데일은 지금 자신이 『현실미』를 그다지 느끼고 있지 않은 이유를 깨달았다.

"……라티나."

"응?"

"왜, ……여기 있는 거야?"

멍한 상태였기에 데일은 단적인 말로 물어보았지만 그것이 방아쇠가 되어 라티나의 표정이 일그러졌다.

너무 반듯해서 두려울 정도인 『아름다운』 외모가 무너지고 본래의 『사랑스러움』으로 바뀌었다.

"……데일이, 병에 걸렸다고, 들어서……."

"그래."

그녀의 목소리가 잠긴 순간, 아차 싶었다.

뚝뚝, 커다란 회색 눈망울에서 굵은 눈물방울이 흘러넘쳤다.

새삼 자각할 필요도 없이 데일은 이 아이의 눈물에 매우, 아주, 대단히 약했다.

"하, 하지만, 살짝 요양은 해야 하지만! 위독하지는 않다고, 전했잖아?!"

"응."

라티나는 흐느끼면서 작게 고개를 끄덕이고 말을 이었다.

"하지만, 하지만……! 무서워서…… 무서워서……! 데일 얼굴을 봐야, 안심할 수 있어서……!"

어쩔 줄 모르며 그저 허둥대던 데일은 이어지는 말을 듣고서야 그녀가 『공포』를 느낀 이유를 겨우 이해했다.

“라그처럼, 없어지면 어쩌나…… 무서워져서……!”

꽤 예전에 들은 그녀의 친부에 관한 이야기다.

어휘도 부족했던 어린 그녀의 이야기로는 불충분한 부분도 있었지만 그래도 이해한 것도 있었다.

그다지 신체가 강인한 편은 아니었던 그녀의 친부는 그녀를 감싸면서 여행을 계속한 결과, 거듭한 무리도 화가 되어 그 숲 속에서 쓰러졌다고 한다.

직접적인 사인은 병―『마소 장애』였다.

그녀는 일찍이 소중한 사람을 『병』으로 잃은 것이다.

그녀가 받아들인 『병』이라는 단어는 자신이 생각한 것보다도 더 무거웠다.

“라티나…….”

“미안해…… 미안해, 데일. 이제 제멋대로 굴지 않을 테니까. 난처하게 만드는 말도 안 할 테니까……! 그러니까, 그러니까…… 없어지지 말아줘……! 부탁이니까, 옆에 있게 해줘……!”

아아, 그랬다. 이 아이는 언제나 그랬다.

어린아이가 조건 없이 부여받아야 할 장소인 『가족』도 『고향』도 잃어버린 소녀는 언제나 『자신이 있을 곳』을 지키려고 했다.

어린이답게 떼쓰거나 칭얼거리지도 않고, 착한 아이로 있어야 한다며 자신을 통제하는 아이였다.

자신은 그녀의 그런 부분이 마음 아팠다.

잔뜩 예뻐하며, 투정하든 장난치든 어린아이답게 있으라고 허용했다. 그녀가 그녀답게 있을 수 있도록 애썼다.

이렇게 자신의 본심이나 소망을 속으로 삼켜버리는 그녀가 진심을 말해주길— 자신은 언제나 바라고 있었다.

그렇기에 『이 대답』은 자신이 듣고 싶은 것이 아니었다.

어깨를 떨며 우는 라티나를, 팔을 뻗어서 끌어안았다.

그레고르가 눈치 있게 방을 나가는 것을 시야 한편으로 인식하며, 딱딱하게 굳는 그녀의 몸을 품속으로 폭 껴안았다.

"라티나……."

속삭여 이름을 부르자 그녀는 움찔, 몸을 움츠렸다.

"사과해야 할 사람은 나야. ……미안해, 라티나 ……걱정 끼쳤어."

"읏!"

라티나는 대답하려고 숨을 삼켰으나 목소리를 낼 수가 없었고 그저 데일의 품속에서 헐떡거렸다.

"미안해…… 하고 싶은 말도, 해야 하는 말도 많이 있지만…… 미안해."

작게 고개를 젓는 라티나의 머리를 쓸어내렸다.

어느새 이렇게나 길어진 머리카락. 손가락 사이를 스르륵 빠져나가는 그것도 어릴 때는 비누 향만이 감돌았는데, 정신을 차리고 보

니 달콤한 향유 냄새가 감돌고 있었다.

"라티나…… 나는…… 나는, 네 아빠가 아니지만, 줄곧 네 곁에 있을 테니까…… 아니……."

라티나가 매달리듯 데일의 옷을 꽉 쥐었다. 그 동작은 그녀의 불안을 나타내는 것이었다. 그 불안이 사라지도록 등을 쓸어내리고 긴 속눈썹에 매달린 눈물을 손끝으로 닦았다.

"앞으로도 내 곁에 있어줬으면…… 좋겠어. 라티나, 앞으로도 나와 함께 있어줄래?"

"데일……?"

데일은 쑥스러운 기분을 삼키고 미소 지었다.

이렇게 가까운 거리에서, 눈물에 젖은 회색 눈동자에 비친 자신의 모습을 언젠가 본 적이 있음을 떠올렸다.

그리고 예전에 이렇게 흐느껴 우는 그녀를 끌어안은 적이 있음을 떠올렸다.

"언젠가, 분명 나는 너보다도 먼저 죽겠지만."

그때도 전했던 말을 **그때**와는 다른 의미로 그녀에게 속삭였다.

"그때까지, 쭉 함께 있자."

"데일……!"

"아무튼 지금은 「거기까지」라도 괜찮을까? 네가 조금 더 어른이 되면…… 아, 그러니까, 더 확실하게…… 말할 테니까."

쑥스러움과 묘한 프라이드가 방해해서 그 이상을 말할 수는 없었다.

말을 얼버무리고 이리저리 시선을 옮기는 데일을 라티나는 젖은 눈으로 똑바로 바라보았다.

"데일, 데일…… 있지……!"

"응."

"좋아해."

"으응."

목소리가 높아졌다. 얼버무린 직후에 이렇게 솔직한 말을 들을 줄은 몰랐다.

"좋아해. 줄곧, 줄곧 데일을 좋아했어. 나한테 데일은 「아빠」가 아니라, 제일 소중하고 사랑하는 사람이야……!"

"으으……!"

코앞에서 올려다보는 시선을 받으니 새삼 의식해버린 몸에는 독이 될 만큼 이 아가씨의 외모는 너무 아름다웠다.

그래도 최초의 충격을 넘기자, 데일은 그녀가 불쌍할 정도로 귀까지 빨갛게 물들이고 있음을 알아차렸다.

글썽거리는 눈동자는 남심을 뒤흔들기에 충분하고도 남는 파괴력을 가지고 있었지만, 동시에 어릴 때 울던 얼굴도 생각나게 했다.

그녀의 동작 속에 『아직 어린 부분』이 있음을 알고 진심으로 안도했다.

그것은 아직 『자신의 마음과 마주할 때까지 유예 기간』이 있다는 말이었다. 그녀에게서 그 부분이 사라질 때까지, 자신이 그녀와의 관계가 변해버리는 것을 받아들이면 된다.

"데일…… 나…… 데일과 쭉 함께 있고 싶어……."

"……그래. 약속할게. 마지막 순간이 올 때까지…… 함께 있자."

그래서 데일은 조금 여유를 되찾고 『그때』처럼 라티나의 뺨에 키스를 했다.

†

"터져라?"

"뭔지는 잘 모르겠지만 화나는 말을 들었다는 건 알겠어."

눈치 있게 굴어준 그레고르와는 달리 어디까지나 마이페이스를 무너뜨리려 하지 않는 빈트가, 끌어안은 데일과 라티나를 침대 밑에서 올려다보며 말했다. 데일은 눈을 살짝 찌푸리고 대답하며 짐승에게 섬세함을 바라는 것의 시비에 관해 생각했다. 원래대로라면 이치에 맞지 않는 일이기는 했으나, 규격을 벗어난 짐승에게 그것을 바라면 정말로 안 되는 걸까.

"……맞다, 라티나. 나중에 로제한테 확실히 진단받도록 해. 나는 경미하다고는 해도 『마소 장애』에 걸렸으니까…… 전염되지 않을 거라고는 단언할 수 없어."

가능성은 낮지만, 소중한 라티나이기에 불안해지는 가능성이었다. 그렇게 걱정하는 데일에게 라티나는 미소 지으며 대답해 보였다.

"괜찮아. 나『마소 장애』는 일어나지 않는걸."

"뭐?"

어안이 벙벙해져 되묻는 데일을 향해 라티나는 당연한 사실처럼 대답했다.

"가벼운 병에는 걸리기도 해. 하지만 정말로 위험한『마소 장애』에는 걸리지 않아. 목숨을 잃을 만한 중병에는 걸리지 않거든."

"그게 뭐야?"

들은 적도 없는 이야기였다. 그래도 라티나는 데일의 반응에 이상하다는 얼굴을 했다.

"라그, 말했어.「신에게 보호받는 증거를 지닌 자」에게 마왕의 힘이 미치지 않는 것처럼「운명이 지켜주는 자」에게도 마왕의 힘이 미치지 않는다고……「라티나는 운명이 지켜주고 있으니까 괜찮아.」라고…… 말했어."

"……아니, 들은 적도 없는 얘기야."

"그래?"

어리둥절한 모습인 라티나는 그것이 이상한 일이라고 생각하지 않는 모양이었다.『신에게 보호받는 증거를 지닌 자』란 아마도 고위『가호』를 가진 자를 의미할 것이라고 데일은 생각했다. 하지만『운명이 지켜주는 자』란 무엇을 뜻하는지 짐작이 가지 않았다. 그러고 보니 그녀는 예전에도『운명이 지켜주고 있다』는 말을 했던 것 같다.

"라티나…… 너를 지키는「운명」이란 게…… 뭐야?"

"……잘, 모르겠어."

대답할 때까지는 조금 간격이 있었다.

캐묻고 싶다는 기분을 꾹 눌러 삼켰다. 감정에 따라 질문을 던진다면 그녀는 대답하기 전에 겁먹고 위축될 것이다. 이 아이는 묘한 부분에서 완고했다. 선택을 잘못하면 아마 앞으로도 이 일에 관해서 이야기하지 않으리라.

"라티나…… 그건 너한테…… 나쁜 일, 이야?"

"모르겠어……."

라티나는 다시 한 번 말하고 데일을 보았다. 그의 마음속에 있는 것이 걱정임을 확인하고 조금 표정을 난처하게 바꾸었다.

"있지…… 정말로 『잘 모르겠는』 일이야. ……나한테는 태어날 때부터 『평범』한 일이었고, 부모님도 당연하게 말했으니까…… 그게 다른 사람과 다르다는 걸 잘 모르겠어."

"……그런가."

그런 말을 들으면 데일도 더 깊이 추궁하기 어려웠다.

그가 가진 『가호』도 『그런 것』이라고 알려져 있기에 이해받고 있는 힘이었다. 그것을 가지고 있지 않은 자에게 말만으로 설명하는 것이 어렵다는 사실은 그도 경험한 적이 있었다.

거기서 데일은 아까 물어보았으나 대답을 듣지 못했던 다른 의문으로 화살을 돌리기로 했다.

"그럼…… 라티나."

"응?"

"너 왜…… 여기 있는 거야?"

"어?"

"그레고르한테 부탁해서 크로이츠에 연락한 건 내가 왕도에 도착한 후니까…… 아직 사흘 정도밖에 안 지났을 거야. 계산이 안 맞잖아."

데일이 『라티나가 여기 있는』 것에 위화감을 느낀 이유가 그것이었다. 승마 기술을 지닌 데일이 회복 마법을 병용하는 형태로 말을 무리시켜도 이틀은 걸린다. 말을 못 타는 라티나라면, 승합 마차를 이용한다고 가정하고 기다리는 시간 없이 환승하더라도 최소한 일주일은 필요할 것이다.

아무리 생각해도 계산이 맞지 않았다.

데일이 지적하자 라티나는 움찔, 몸을 굳혔다.

그 반응과 이 표정은 본 적이 있었다. 친구들과 놀게 되면서 나이에 걸맞은 장난을 배운 라티나의 『알기 쉬운 반응』이었다.

그렇게 알기 쉬운 부분조차 사랑스럽지만. 뭔가 꾸미고 있구나! 하고 생각하며, 기대하는 라티나의 눈앞에서 일부러 장난에 걸려주었던 것도 반응이 귀여웠기 때문이지만! 성공해서 해냈다는 얼굴이 되거나, 안절부절못하며 이쪽을 엿보는 모습을 보고 표정이 풀어지지 않도록 고행과 싸웠던 것도 너무나 행복한 시간이었지만!

데일은 그렇게 생각하면서도 표정에는 드러내지 않고 더욱 질문을 거듭했다.

"케니스한테 말 안 하고 크로이츠를 나온 거야?"

라티나는 데일의 그 질문에는 고개를 가로저었다.

"아니야. 케니스한테는 분명하게 허락받았어. 왕도에 갈 거라면 확실히 준비하라고 했어."

이어진 라티나의 말을 듣고 데일은 식은땀이 솟아났다.

"반사적으로 뛰쳐나가려다가, 그건 안 된다고 혼났지만……."

『키운 정으로 맺어진 부녀』이기는 하지만 묘한 부분에서 닮았다고 여겨졌을 것이 틀림없다.

"그럼…… 라티나. 너, 뭘 한 거야?"

"그게…… 그러니까…… 빈트랑……."

라티나는 이리저리 시선을 옮기다가 이윽고 포기하고서 자백하듯 경위를 이야기하기 시작했다.

"멍."

그 옆에서 상쾌할 만큼 당당한 환수가 멋지게 대답했다.

†

왕도에서 크로이츠로 보낸 편지에는 간결하기는 했지만 전해야 할 정보가 충분히 적혀 있었다. 데일의 병세와 중태는 아니라는 것, 그리고 현재 로제 등의 고위『남색의 신』신관들이 치료하고 있다는 것도 정확히 기록되어 있었다.

그래도 라티나는 매우 당황했다.

충동적으로『춤추는 범고양이』에서 뛰쳐나가려는 것을 감지한 케니스가 강하게 만류했다.

"라티나!"

"놔줘! 데일! 데일한테 갈 거야!"

잡힌 팔에 담긴 힘은 라티나가 뿌리칠 수 있을 만큼 느슨하지 않았다. 그래도 그녀는 눈에 힘을 주고 케니스를 올려다보았다.

"놔줘!"

회색 눈동자 속에서 위험한 빛이 번뜩였다. 케니스는 그것을 알아차리고 조용하면서도 강한 의지가 담긴 목소리로 말했다.

"안 돼."

그 목소리에 라티나는 움찔하며 조금 주춤했다.

일찍이 모험가로서 파티를 이끌었던 케니스의 목소리에는 그렇게 만들 만한 힘이 있었다.

"라티나……! 왕도에 가겠다니, 터무니없는 말을……."

끼어들 타이밍을 놓쳤던 리타가 새파래진 얼굴로 라티나를 뒤에서 껴안았다. 임신 중인 리타를 라티나가 세게 내칠 수 있을 리도 없었다. 케니스는 거기서 라티나의 팔을 놓았다.

"하지만…… 하지만!"

힘없이 도리질 치고 목소리를 떨며, 그래도 라티나는 케니스를 설득하고자 얼굴을 들었다. 그런 그녀의 시선을 똑바로 받아낸 케니스는 조용한 목소리로 말했다.

“왕도에 갈 거라면 확실하게 준비부터 해야 해. 여장이나 행정도 준비하지 않고 갈 수 있을 만큼 여행은 만만하지 않다는 걸 라티나 너도 알고 있잖아.”

“어?”

“케니스?”

케니스의 말을 듣고 라티나뿐만 아니라 리타도 깜짝 놀랐다.

케니스는 두 사람의 반응엔 아랑곳하지 않고 가게 단골손님들에게 시선을 돌렸다.

“질베스터, 왕도 쪽에 신뢰할 수 있는 지인은 있어?”

“없진 않아.”

“그럼 라티나에게 소개장을 써줘. 왕도 측 가도를 자세히 아는 녀석 있나?”

“내 단골 거래처는 그쪽이야.”

“최근 가도의 동향이랑 여성 여행자도 안심하고 묵을 수 있는 여관을 알고 싶어.”

“그거라면 밤까지 기다려줘. 다른 녀석들한테도 물어보고 자세히 정리해둘게.”

“부탁해. 그리고…….”

척척 지시를 내리는 케니스의 모습에 라티나는 당황하여 끼어들었다. 그 표정에는 여전히 놀람이 남아 있었다.

“케…… 케니스…….”

“왜.”

“말렸던 거…… 아니야?”

“말렸으면 좋겠어?”

“아니. 가고 싶어…….”

“그럼 준비는 확실하게 해. 여장과 짐도 정리하고. 나중에 내가 확인할 테니까.”

“으…… 응!”

라티나가 쏜살같이 방으로 달려 올라가는 것을 지켜본 뒤 제정신으로 돌아온 리타가 남편에게 책망하는 표정을 보냈다.

“케니스, 방금 그게 무슨 소리야?”

“저 모습이라면 억지로 말려봤자 혼자 빠져나가서 왕도로 갈지도 몰라. 어차피 무모한 짓을 할 거라면 제대로 준비하게 해서 확실성을 높이는 방향으로 『무모한 짓을 시키는』 편이 건설적이야.”

궁지에 몰린 라티나의 표정에는 말린다면 케니스를 때려눕혀서라도 자신의 의지를 관철하겠다는 위태로움이 있었다.

지금 어떻게든 설득해도, 설득한 것처럼 보여도, 몰래 혼자서 왕도로 갈 것 같았다. 라티나는 저래 보여도 어릴 때부터 고집스러운 아이였다. 한 번 정해버리면 자신의 의지를 굽히지 않았다.

감시하는 것도 한계가 있다. 문지기에게 말해서 그녀를 마을 밖으로 내보내지 않도록 손쓸 수도 있지만, 거기서 실랑이를 벌이는 사태로 발전시키고 싶지는 않았다.

케니스는 복잡한 얼굴로 질베스터 쪽을 보았다.

"사실은 여자들로만 이루어진 파티에 라티나를 끼워달라고 부탁하고 싶지만……."

그 중얼거림을 듣고 질베스터는 씁쓸한 표정을 지었다.

"역시 이렇게 갑작스러워서야 그건 어려워."

남성과 비교하면 여성 모험가는 수 자체가 적었다. 게다가 신뢰할 수 있는 여성만으로 이루어진 파티라는 엄격한 조건이 붙는다면 아무리 발이 넓은 질베스터라도 이렇게 갑자기 교섭할 수는 없었다.

"어설픈 남자한테 라티나를 맡기는 것보다는…… 빈트 쪽이 그나마 나으려나."

"멍?"

소란을 듣고 얼굴을 내민 『멍멍이』에게 시선을 돌리고 케니스가 다소 씁쓸하게 말하자 질베스터도 한숨 섞인 목소리로 대답했다.

"이 일만큼은 나이가 있더라도 반드시 신용할 수 있는 건 아니니 말이지."

데일이 걱정되어 불안정해진 라티나를 위로한다는 명목으로, 원래부터 젠틀함과는 무관한 직업인 모험가가 그녀에게 나쁜 짓을 하지 않으리라고는 장담할 수 없다. 호위가 가장 큰 위험 분자가 될 가능성을 부정할 수는 없었다.

"왕도까지는 가도도 잘 정비되어 있으니까 라티나 혼자더라도 어떻게든 되긴 될 거야. 가장 걱정되는 건 라티나 자신의 안전이야."

"마법사로서 아가씨의 능력은 어느 정도지?"

"공격 마법도 본격적으로 배운 것 같아. 원래 라티나는 방어벽 계통이나 보조계 마법이 특기였어. 자신을 지킬 수단은 가지고 있다고 봐도 좋겠지."

섬세한 마력 제어가 특기인 라티나는 난이도 높은 그런 마법을 무난하게 해냈다. 짧은 기간이라고는 하지만 우수한 마법사인 로제의 지도를 받은 라티나는 예전보다도 쓸 수 있는 마법의 폭이 상당히 늘어나 있었다.

"영창 시간을 벌 수단이 있다면 어떻게든 될 거야."

"그럼…… 이『개』쪽이 안전한 보디가드인가."

"멍?"

자신이 화제의 중심임을 감지한 빈트는 의아한 듯이 고개를 갸우뚱했다.

"질베스터, 야수(테이머) 조련사는 어떻게 사역수를 마을로 데리고 들어가지?"

주로『중앙』마법을 이용하여 동물이나 마수를 사역하는『야수 조련사』에게 파트너인 야수는 무기이며, 동료이며, 가장 중요한 재산이라고도 할 수 있었다. 마을이나 숙박 시설에 데리고 들어가는 것은 당연한 행동이었다.

"나도 자세히는 모르지만. 분명 전문 마도구가 있었을 거야. 어이, 케빈 녀석을 불러와 줘."

질베스터는 아는 야수 조련사의 이름을 꺼내며 옆에 있던 젊은

이를 심부름꾼으로 보냈다.

"……아아, 정말!"

한동안 조용히 있던 리타도 마음의 정리를 끝낸 모양이었다. 『초록의(아크다르) 신의 전언판』으로 가더니 주변의 최근 동향을 조사하기 시작했다.

리타도 라티나가 완고한 아이임을 알고 있었다. 그리고 『무리』를 관철해버릴 만한 능력이 있다는 것도 알고 있었다. 결국 위험한 일이 될 거라면 협력하는 편이 건설적이라는 것은 리타도 이해했다.

처음부터 터무니없고 무모한 일이라면 끝까지 말리겠지만 이게 또 불가능하지는 않다는 사실이 난점이었다. 스펙이 너무 높은 것도 문제였다.

질베스터가 말한 『야수 조련사』 케빈이 『춤추는 범고양이』에 모습을 나타낸 것은, 리타가 왕도까지 가는 지도를 준비하고 단골손님들과 협력하여 거기에 주의 사항 몇 개를 적어 넣어서, 그것만으로도 높은 가치를 지닌 정보 집약체를 만들어내고 있던 무렵이었다. 원래 『지도』는 입수 자체가 어려웠다. 그것이 정확하면 정확할수록 가치와 희소성은 더 커졌다. 일류 모험가인 단골손님들의 네트워크와 정보기관의 말단인 『춤추는 범고양이』의 저력이었다.

케빈은 검은 늑대를 데리고 있었다. 그는 평소에 늑대 두 마리와 함께 일한다고 알려져 있었다. 지금 이 자리에 없는 암컷 늑대는 옆에 데리고 있는 늑대의 짝인데 올봄에 처음으로 새끼를 낳았다. 현재는 새끼 키우는 모습을 지켜보느라 휴업 중이라는 것 같았다.

갑작스러운 호출이었음에도 그가 곧장 『춤추는 범고양이』에 나타난 것은 그런 경위 때문이었다.

낯선 짐승이 자신의 영역에 침입했다며 빈트가 카운터 뒤에서 검은 늑대를 지그시 노려보았다. 늑대 쪽은 신경 쓰지 않는 모습을 가장하고 있었지만 귀가 세차게 쫑긋쫑긋 움직였다.

"이게 그 마도구야."

케빈이 늑대의 목 언저리를 가리켰다. 늑대의 굵은 목에는 금속판이 달린 목걸이가 끼워져 있었다.

"단적으로 말하자면 『이건』 짐승이 본능적으로 싫어하도록 만들어졌어. 그렇기에 『이걸』 차고 있는 짐승은 『중앙』 마법으로 지배되어 있거나 엄격하게 훈련받은 사역수라고 증명할 수 있는 거지. 마을에 사역수를 데리고 들어가기 위한 최소한의 조건이야."

"그럼 빈트한테도 『이걸』 채우면 라티나와 동행시킬 수 있는 건가."

케니스는 케빈이 예비로 가지고 있던 『마도구』를 받아서 한 손으로 굴리다가 그것을 빈트에게 내밀었다.

마도구에 얼굴을 가까이 대고 킁킁 냄새를 맡은 빈트는 짐승임에도 싫어하는 티를 팍팍 내는 얼굴을 만들어 보였다.

"싫다. 이거 불쾌하다."

"라티나랑 떨어져서 집을 지킬 건지, 이걸 차고 같이 갈 건지 골라."

"참을 수 있다. 하면 잘하는 아이."

즉답이었다.

예상대로였다.

"소문으로는 들었지만…… 『중앙』 마법은커녕…… 환수의 자유 의지라니…… 얼마나 규격을 벗어난 거야?"

"깊이 생각하면 지는 거야. 아가씨니까."

본업이기에, 상식적으로는 생각할 수 없는 광경을 보고 아파 오는 머리를 누르는 케빈에게 질베스터가 뜨뜻미지근한 시선을 보냈다.

그런 식으로 준비는 바쁘게 진행되었다.

라티나가 갖춘 여장은 예전에 티스로우에 갈 때 마련했던 것이 주를 이루었다. 케이프는 기장이 상당히 짧아져 있었지만, 그것을 감안하고 넘어갈 만큼 마도구로서의 높은 기능을 택한 것이었다.

원래부터 사이즈의 크고 작음이 눈에 잘 띄지 않는 디자인이었고 계절상 춥지도 않았기에 그것으로 충분하리라고 판단했다. 마을과 마을을 잇는 승합 마차도, 야영하는 일이 없게 도중에 있는 마을에 들르도록 행정을 짰다. 모험가들이 빠짐없이 망토나 외투를 걸치는 것은 야영할 때 이불 대신으로도 사용하기 위해서였지만, 거기까지 준비할 필요는 없을 것이다.

"라티나, 마법사용 지팡이도 가지고 있지?"

"응. 하지만 없어도 마법 쓰는 데는 지장 없어."

"그렇겠지. 하지만 『네가 마법사라는 걸』 주위에 나타내는 수단이 돼. 모양만이라도 『모험가답게』 보여두도록 해."

"여성 여행자는 얕보이니까?"

"그런 거지."

데일이 예전에 그녀에게 사준 지팡이는 어린이의 연습용이기는 했지만 새내기 모험가의 장비와 비교하면 상당히 좋은 물건이었다.

혼자 여행하는 가냘픈 여자아이라니, 나쁜 생각을 가진 자에게는 그저 먹잇감일 뿐이었다. 하지만 그것이 마법사가 되면 이야기는 달라진다. 겉모습만 봐서는 알 수 없는 실력자라는 인상을 줄 수 있었다. 지팡이 하나로 그런 관록을 연출할 수 있다면 역시 그럴듯한 외견에도 의미가 있었다.

케니스와 단골손님들, 리타의 지원을 받아 준비를 마친 라티나는 다음 날 아침 일찍 『춤추는 범고양이』를 나섰다.

"조심해. 정말로 조심해야 해."

"괜찮아. 알고 있어."

아직 일어나지 않은 테오를 방에 두고 배웅 나온 리타의 얼굴은 걱정이 가득했다. 라티나는 리타의 그 표정에 죄책감 같은 것을 느꼈지만, 그보다도 허락해준 것에 대한 감사가 가슴을 가득 채웠다.

"보내줘서 고마워."

"판단을 틀리지 마. 냉정함을 잊지 마."

"응."

케니스에게도 분명히 고개를 끄덕이고 라티나는 다시 한 번 두 사람에게 머리를 숙였다.

"다녀오겠습니다."

라티나는 두 사람의 시선을 등으로 느끼면서, 여유롭게 꼬리를 흔드는 빈트와 함께 나란히 걷기 시작했다.

라티나는 어른들이 가르쳐준 대로 크로이츠의 마차 승차장 ― 왕도로 가는 직통 마차는 없어서 중간에 갈아타야 했다 ― 으로 향하던 발을 도중에 우뚝 멈췄다.

두리번두리번 주위를 둘러보며 배웅해준 사람들의 모습이 이제 안 보인다는 것을 확인했다. 그리고 빈트 옆에 웅크려 앉았다.

"있지, 빈트."

"멍?"

"모두에게는 비밀로…… 시도해보고 싶은 게 있어."

"머엉?"

"빈트를 탈 수 없을까?"

예전에 라티나는 코르넬리오 사부에게 배웠다.

라티나가 티스로우에서 코르넬리오 사부에게 받은 왕도에 관한 강의 중에, 크로이츠와 왕도 사이의 가도는 의도적으로 우회하는 루트로 조정되어 있다는 내용이 있었다. 그것은 유사시에 방위 시간을 벌어야 하기 때문이었다. 다리 위치나 지형상의 이유도 있어서 크로이츠, 더 나아가서는 항구 도시 크발레부터 일직선으로 왕도에 가는 것은 어려웠다. 그것들을 고려하지 않고 직선거리로 오갈 수 있는 비룡이 육로보다 압도적으로 빠르게 이동할 수 있는 것에는 그런 이유가 숨어 있었다.

그 사실을 알고 있던 라티나는 마차라는 육로가 아니라 『친구』의 능력으로 하늘길을 갈 수 없을까 생각한 것이었다.

"방벽 마법이랑 중력경감 마법을 같이 써볼 테니까. 빈트가 날

때 방해하지 않도록 노력해볼 테니까, 살짝 시도해봐도 될까?"

"멍!"

장기간 복수 마법을 유지하는 것이 얼마나 상식 밖의 일인지. 그렇게 지적할 수 있는 사람은 안타깝게도 동행하고 있지 않았다.

『보호자』인 어른들이 전혀 생각하지 않았던 『터무니없고 무모한』 행동을 해내는 능력이 이 소녀에게 있었다는 것이 무엇보다도 상정 밖이었다고 할 수 있을 것이다.

라티나는 빈트와 함께 마을 밖으로 나가서 그 발상을 저공비행으로 몇 번 연습했다.

그 후, 하늘 여행에 나섰다.

새끼 늑대인 빈트의 비행 능력은 나는 데 특화된 마수인 비룡만큼 빠르지는 않았다. 오랜 시간, 연속으로 장거리를 나는 것은 어려웠다.

마법을 계속 유지하고 있는 라티나의 휴식도 필요했다.

그런 부분에서 라티나는 충분히 냉정했고, 조급한 마음에 서두르는 일 없이 적절한 휴식을 중간중간 끼워 넣었다. 그렇게 도중에 있던 마을에서 일박하고 그 다음 날 왕도에 도착했다.

자신이 『평범하지 않은 일』을 하고 있음을 자각하고 있던 라티나는 왕도까지 빈트를 타고 가지 않고, 충분히 거리를 둔 곳에서 지상으로 내려와 도보로 간다는 『상식적인 판단』도 했다. 수상한 존재로 여겨져서 왕도 경비병에게 격추된다는 실수는 저지르지 않았다.

여행자의 마을이라는 특색 있는 크로이츠와는 달리 왕도는 도시 주위를 에워싼 벽 내부로 들어가기도 어려웠다. 하지만 『춤추는 범고양이의 단골손님』, 즉 라반드국에서도 손꼽히는 모험가들의 능력도 얕볼 수 없었다.

질베스터가 라티나를 위해 준비한, 자신의 지인에게 쓴 여러 소개장은 전부 왕도에서 신원이 확실한 상대에게 보낸 것이었다. 확고하고 힘찬 필적으로 적힌 질베스터의 사인도 가치 있는 것이었다. 위업을 이룬 모험가로서 최고의 지명도를 가진 남자였다. 늘 값싼 술을 마시는 모습만 봐서는 상상도 안 가지만 그는 그 정도로 고명한 존재였다.

빈트에게 채운 마도구도 고품질의 정규 물건이었다.

왕도에서도 이름 높은 『데일 레키』의 후견을 받고 있다는 내용의, 전설의 모험가 질베스터 데리우스의 소개장을 지녔으며 환수를 데리고 있는 소녀. 그때 심사를 담당했던 문지기의 정신이 아득해졌다고 하더라도 누구도 비난할 수는 없을 것이다.

크로이츠 사람들은 좋게도 나쁘게도 그녀의 『규격을 벗어난』 모습에 익숙해져 있었다. 왕도 사람에게 거기까지 바라서는 안 됐다.

그런 이유로 라티나는 처음 왕도에 들어오는 것치고는 상당히 쉽게 입장을 허락받았다.

처음 와보는 왕도의 거리 풍경을 앞에 두고 들뜨기 전에 라티나는 막막해졌다.

“이제 어떡하지…….”

“멍?”

옆에 있어주는 『친구』의 존재 덕분에 불안에 짓눌리지 않을 수 있었다.

케니스 등에게 미리 들었던 내용이었다. 왕도에 간다고 바로 데일과 만날 수는 없었다. 그가 몸을 의탁하고 있는 곳은 왕도 안에서도 상류 중의 상류 계급, 에르디슈테트 공작가였다. 아무리 라티나가 데일의 수양딸로 취급받고 있다고는 해도 그녀 자신은 일개 서민 소녀에 불과했다. 무작정 쳐들어가더라도 문전 박대당할 것이 뻔했다.

질베스터가 여러 소개장을 준비한 것도, 여전히 어렵다는 사실은 변함없지만 라티나 혼자인 것보다는 공작가와 약속을 잡을 가능성이 크리라는 생각에서 내린 조치였다.

"어쩌지……."

중얼거리며 생각했다. 거기서 라티나는 현재 왕도에 체재하고 있을 터인 인물을 떠올렸다.

"……로제 님, 지금 왕도에 있을 거야…… 상담해볼까……?"

"멍?"

"『남색의 신』의 신전이라면 누구든 들어갈 수 있고…… 말을 전해줄 수 있을지도 몰라."

"멍."

빈트가 동의해준 것에 안도하여 라티나의 표정이 조금 밝아졌다. 치료원이기도 한 『남색의 신』의 신전이 있는 곳이라면 아무한테나 물어봐도 바로 알 수 있을 것이다. 다음 목적지를 정한 라티나는 여행자 상대로 장사하는 상점이 늘어선 일각을 향해 빈트를 데리고 갔다.

†

"그리고 마침 신전에서 봉사 활동 중이었던 로제 님이 말을 전해 주신 거야."

현재 에르디슈테트 공작가에서 보호하고 있는 로제는 정식으로 승낙을 받지 않아도 공작가를 출입할 수 있었다. 애당초 그녀는 어릴 때부터 에르디슈테트 공작가 사람들과 교류가 있었기에 본래 계급과는 별도로 개인적인 방문을 허락받은 입장이었다.

라티나는 로제와 함께 공작가를 찾아왔다.

그녀는 상상도 못 했던 일이지만, 거기서 로제가 공작 각하에게 라티나를 소개해버렸다고 한다. 여행객 차림인 채로 대귀족의 저택을 방문할 수는 없다고 생각하여 신전에서 미리 외출용 원피스로 갈아입어서 다행이라고 절실히 생각했다.

『범고양이』 다락방에서 로제에게 마법과 함께 배운 예의범절을 떠올리며 라티나는 어떻게든 블라디미르 로트 에르디슈테트 공작에게 인사했다. 로제의 남색 눈이 살짝 온화해지는 것을 보고서 아무래도 합격점인 모양이라고 안도했다.

공작 각하는 이미 하인으로부터, 데일이 항상 말했던 사랑하는 수양딸을 로제가 저택에 데려왔다고 보고받은 상태였다. 게다가 환수까지 옆에 두고 있다고 하니 참으로 판단하기 곤란한 소녀였다. 오랜 세월 저택을 지킨 시종장조차도 순간적으로 머뭇거리게 만든 손님이었다. 적어도 즉각 보고는 해야 한다는 판단하에 정보를 전달하자 공작 각하 본인이 만나 보고 싶다면서 로제와 라티나를 부른 것이었다.

그런 그가 라티나를 데리고 데일의 방을 찾아온 것은 반쯤 장난삼아 한 행동일 것이다. 침착함을 가장하고 있지만 데일이 동요의 극치였다는 것은 권모술수가 판치는 세계에서 닳고 닳은 공작 각하에게 훤히 보였을 터였다. 한 방 먹였다며 만족스럽게 웃고 있으리라.

"그래서 로제 님이 날 데려와 준 건데…… 데일? 왜 그래?"

"……아니, 잠깐만 기다려줘…… 상황 좀 파악하고……."

라티나의 이야기를 들으며 점차 표정을 굳히던 데일은 최종적으로 말 그대로 머리를 싸매고 있었다.

생각했던 것보다도 『멍멍이』의 역할이 컸다.

『중앙』 마법사도 아니고 전문 훈련을 받은 것도 아닌데 하늘길을 이동 수단으로 삼는 것이 얼마나 규격을 벗어난 일인지 이 아가씨는 알고 있을까.

―그렇게 따지자면, 환수와 주종 관계라면 모를까 친구 관계를 맺고서 『부탁』한다는 이전 단계의 상황 자체가 『규격 외』였다. 하지만 오랫동안 라티나를 지켜본 데일은 그런 상식이 마비되어가고 있었다.

공작 각하가 그녀의 행동에 관해 물으면 어떻게 설명해야 할까. 지금까지 하늘길 이동 수단을 개인적으로 소유한 자는 없었다. 방위나 전략상 무시할 수 없는 안건이 될 것이다.

그렇다고 해도 라티나와 똑같은 수단을 쓸 수 있는 자가 있다고도 여겨지지 않았다. 천상랑이 조건 없이 배를 만지게 해줄 만큼 그들과 친해져야 했다. 응, 무리다. 친해지기 전에 머리를 물리고 끝이었다.

끙끙거리는 데일을 라티나가 살짝 고개를 기울이고 들여다보았다. 시선이 마주치자 그녀는 행복하게 웃었다.

"……왜?"

"아무것도 아니야."

그렇게 말하면서도 라티나의 행복한 표정은 변함없었다.

거기까지 생각하고 데일은 라티나의 말버릇을 떠올렸다.

—그치만 데일이랑 함께 있는걸. 그녀는 언제나 그렇게 말하며 행복하게 미소 지어주었다.

"……뭐, 어떻게든 되겠지."

새삼 깨닫고 보니 『너무 귀여운』 라티나랑 『함께』 있는 것이었다. 어떻게든 된다고 할까, 어떻게든 하면 된다.

데일은 자신의 뺨이 살짝 따끈해지는 것을 자각하며 중얼거렸다.

그렇게 자신의 마음과 그녀의 마음을 이해한 데일은 그 후의 요양 기간을 요양이라기보다 반성 기간으로 보내게 되었다.

이거 뭐야. 이 아가씨 무지 예뻐.

그런 식이었다.

그 단어만 보자면 지금까지와 그다지 다르지 않았다. 비포 앤 애프터를 나란히 놓아도 단적인 키워드는 크게 변화 없는 단어의 나열이 되었다.

그래도 데일은 지금까지와는 확연하게 다른 심경으로 라티나를 보게 된 상태였다.

그렇게 되고 보니 주위에서 자신을 마구 힐책했던 것도 어쩔 수 없는 일이었구나 싶었다. 아니, 힐책하는 것이 당연했다. 눈을 장식으로 달고 있었던 걸까. 나 바보 아니야? 아, 바보인가.

그렇게 데일은 반성이라는 이름의 자학을 되풀이하면서, 일주일이 채 안 되어 자리를 털고 일어나게 되었다.

라티나가 곁에 있다는 상황은 데일의 쾌차를 도왔다.

원래부터 경증이기도 했지만 그녀의 존재는 자각할 수 있을 만큼 분명하게 자가 치유력을 높여주었다.

그리고 그러는 동안 데일은 나날이 라티나에 대한 인식을 고쳐갔다.

침대 옆에 앉아 이야기 상대가 되어주다가 우연히 시선이 마주치기만 해도 미소를 돌려주었다.

흘러내린 머리카락을 데일이 만지자 살짝 흠칫하며 몸을 움츠렸다.

그것도 사춘기라서 『아빠』를 거부하는 동작이 아니라, 뺨을 희미하게 물들이며 수줍어하는 몸짓임을 깨닫게 되었다.

따뜻한 회색 눈동자는 때때로 촉촉해지며 그 안에 열기를 머금고 자신을 보았다. 마음을 이해한 지금은 눈동자에 깃든 열기의 의미도 눈치채고 말았다.

조금 멋쩍어져서 시선을 돌리니 그녀는 살짝 애달픈 한숨을 흘리고서 아무 일도 없었던 것처럼 다시 웃어 보였다.

『작은 라티나』라는 틀의 활약은 상상 이상이었다. 그 존재를 의식한 데일이 필터를 제거하고 본 그녀는 어디를 어떻게 봐도 『사랑에 빠진 소녀』였다.

쑥스러운 마음을 바로잡고, 혹은 지금까지 했던 습관 때문에 그녀의 머리를 쓱 쓰다듬자 — 어릴 때부터 라티나의 머리카락은 어떤 고급 비단도 상대가 안 될 만한 매끄러운 감촉과 윤기를 지니고 있었다. 처음에는 착한 그녀를 쓰다듬는 동작이었지만, 너무나도 감촉이 좋았기에 점차 데일의 버릇이 되었다 — 라티나는 정말로 행복하게, 기쁘게 미소 지었다. 신뢰가 만들어낸 그 무방비한 표정도, 무의식중에 자신의 손바닥에 뺨을 갖다 대는 동작과 함께하니 관능의 편린이 보이고 말았다.

이 아가씨는 무방비했다.

놀라우리만큼, 『이성』인 자신에게도.

『손대자』고 마음먹으면 언제든 「잘 먹겠습니다.」라고 말할 수 있을 것 같을 정도로 무방비했다.

어리기 때문이라고 할 수 있을지도 모르지만 그 위태로움에 데일은 여러 가지 생각이 들었다.

'이 아이는 그러려고 작정한다면 남자 여럿 울리겠어…….'

순진하고 무방비한 동작조차 남자라는 생물을 부추긴다는 사실을 알지 못하는 그녀가 그것을 이해하고서 사용하게 된다면 그야말로 『경국지색』이라고 불리는 존재가 될 것이다. 무서운 것은 주위에서 멋대로 그녀의 신봉자가 될 듯하다는 점이었다. 친위대(팬클럽)라는 현상을 유지하는 데서 그쳐야 했다.

그리고 데일은 라티나에게 그런 의식이 전혀 없다는 사실을 알면서도 『언제든 손댈 수 있다』는 발상을 떠올린 자신 때문에 머리를 싸맸다.

아직 일러. 아직 이르니까 그런 게 아니야. 그렇게 머릿속에서 염불처럼 되뇌는 데일의 다양한 표정 변화를 보면서도 라티나는 그늘 없는 미소를 보내고 있었다.

아직 라티나는 『어리다』.

미미하게 몸이 곡선을 띠기 시작한 것 같다…… 는 것은 분명 기분 탓이다. 친구들보다 발육이 느리다는 것을 본인도 신경 쓰고 있는 그녀는 아직 앳된 체형인 채니까.

『반항기』 운운 이후로 라티나가 거리를 뒀고, 게다가 일을 핑계로 도망쳤기에 데일은 실질적으로 한 달 이상 라티나와 제대로 마주하지 못했다. 그렇다고 그 짧은 기간 만에 그녀가 바뀔 리도 없었다.

그렇게 자기 자신을 필사적으로 타이르는 데일의 번뇌를 전혀 알아차리지 못하고서 미소 짓고 있는 라티나가— 예전부터 본인이 주장한 대로 성장기를 맞이하고 있다는 사실을 이때 데일이 알 수 있을 리도 없었다.

허물을 벗기 직전의 번데기였던 그녀는 정말 놀라운 속도로 어른스러워져 가게 된다.

예전부터 걱정거리였던 『모친의 유전』은 그다지 영향을 주지 않았고, 시간이 지나고 해가 지나면서 매우 매력적으로 성장한 그녀는 데일을 크게 괴롭히게 되었다.

그것은 그리 멀지 않은 일이었다.

†

이상한 공간이었다.

그래도 『자신』은 이곳을 이상하다고 생각하지 않았다.

모든 빛과(흑백) 모든 색을 모아 그것만으로 만들어진 공간.

무엇 하나 색채가 없는데 모든 것을 내포하고 있는 모노톤의 세계.

둘러보니 이곳은 터무니없이 넓은 것 같았고, 한정된 모형 정원 속 같기도 했다. 그리고 『자신』은 이곳에 존재하는 것이 무엇인지도 알고 있었다.

똑같은 간격으로 둥글게 늘어선 『의자』. 형태도 크기도 다양한 그것들에는 공통점이 있다는 것도 『자신』은 이해하고 있었다.

이것들은 『옥좌』다.

늘어선 일곱 개의 그것들에는 각각 앉아야 할 『왕』이 존재했다.

외양을 볼 수는 없지만 각각의 『옥좌』에는 짙고 분명하게 『주인』의 기척이 감돌고 있었다.

걸으며 하나하나 둘러보았다.

어떤 『옥좌』 앞에는 피 묻은 날붙이가 있고, 어떤 『옥좌』 앞에는 찰랑찰랑 물이 담긴 물병이 있었다. 시든 나무가 휘감은 『옥좌』, 두꺼운 서적이 진좌한 『옥좌』를 보고— 그렇게 순서대로 『옥좌』를 돌아서 **첫 번째** 『옥좌』 앞에서 발을 멈췄다.

그곳은, 그곳만큼은 『주인』이 존재하지 않았다.

그리고 『자신』은 앞으로 『이 옥좌』가 『주인』을 맞이하리라는 것을 알고 있었다.

『자신』이 여기에 오고 만 것은 조건을 충족해버렸기 때문이라는 것도, 『자신』은 알고 있었다.

그것은 『자신』이 가장 꺼렸던 선택일 터였다.

일찍이 모든 것을 잃은 이유이며, 여전히 지키고 싶은 마음을 배반하는 선택이기도 했다.

"필요 없어."

그렇기에 작게 고개를 젓고 부정하는 말을 중얼거렸다.

"나는 **이런 거** 원하지 않아."

『자신』이 원하는 것은, 바라는 것은—.

"왜 그래? 라티나."

다정한 목소리를 듣고 각성했다.

깜빡깜빡 눈꺼풀을 움직이고 그녀는 자신이 『세상에서 가장 안심할 수 있는 곳』에 있음을 떠올렸다.

따뜻함으로 가득 찬 방. 소중한 추억이 함께 있는 방. 그 안에서도 가장 따뜻하고 사랑하는 장소였다.

"무서운 꿈이라도 꿨어?"

어릴 때부터 그는 언제나 그렇게 말하며 상냥하게 머리를 쓰다듬어주었다. 크고 따뜻한 손바닥 감촉에 무서운 기억도 악몽도 전부 녹아갔다.

그가 쓰다듬어주는 것이 기뻐서, 「예쁜 머리카락이네.」라고 말해주는 것이 기뻐서 자를 수 없게 되었다. 분명 그는 모를 테지만, 그가 별생각 없이 한 말도 행동도 자신에게는 어느 것이나 정말로 소중했다.

"괜찮아."

아무것도 무섭지 않다.

여기라면, 그의 온기 옆이라면, 무서운 일은 아무것도 일어나지 않는다. 이곳은 세상에서 가장 안심할 수 있는 장소니까.

"그러니까 괜찮아."

그녀는 행복하게 미소 짓고서 새끼 고양이 같은 동작으로 온기에 뺨을 대며 따뜻한 잠 속으로 떨어져갔다.

생각하고 싶지 않았으니까.

언젠가 자신은『이 온기』를 잃어버리고 만다.

단 하나 원하는 것. 단 하나, 자신이 바라는 것. 지금은 넘쳐흐르는 행복과 함께 자신 곁에 있는 것.

하지만 자신은 언젠가 반드시 잃어버리고 만다.

잃어버린 뒤에 자신은 어떻게 하면 좋을까.

그것을 생각하지 않으려고 하면서 그녀는 깊은 잠에 빠져들었다.

이런저런 일들.
공작 저택에서 있었던
백금의 소녀,
막간.

왕도의 에르디슈테트 공작 저택에 체재 중인 라티나는 공작가에 있는 서적을 읽거나 로제에게 다시 엄격하게 매너를 배우면서 그런 대로 바쁜 나날을 보내고 있었다.

그것은 공작가에 드나드는 데일의 가족으로서 무슨 일이 있어도 부끄러운 경험을 하지 않도록 신경 쓴 로제의 배려였다. 라티나는 마을 처녀치고는 충분히 예의범절을 갖추고 있었고, 데일은 그것으로 충분하다고 생각했지만 그 배려는 순수하게 고마웠다.

그러나 야회의 작법은 몰라도 좋다고 데일은 생각했다.

공작 각하가 자신의 저택에서 사적으로 여는 야회에 라티나와 함께 출석하라고 요청해 온 것이다.

"라티나에게는 야회에 어울리는 격식 있는 옷이 없습니다."

"가까운 자들만 모이는 사적인 행사야. 그렇게 격식을 차릴 필요는 없어."

그럴 리가 없잖아. 그런 속마음을 겉으로 드러내지 않을 수 있을 정도로는 데일도 귀족 사회에 치여왔다.

라반드국에서도 최상류에 위치한 귀족이었다. 아무리 사적이고 소규모더라도 그것은 일개 서민이 상상도 할 수 없는 별세계였다.

"의상이라면 내 집에 있는 걸 빌려 입어도 좋아."

그런 허락은 필요 없어. 그렇게 데일이 속으로 건 태클을 알 리도 없는 시녀들은 공작 각하의 그 말을 듣자마자 왠지 기색이 밝아졌다.

그 이유를 데일이 안 것은 출석을 요청받은 직후, 그레고르에게 불평했을 때였다.

"누님이 남기고 간 의상이 저택에는 많으니까. 유행하는 형태와는 조금 다를지도 모르지만 손볼 수는 있겠지."

"너도 적으로 돌아서는 거냐?!"

"라티나 양이라면, 최근 유행하는 피부를 내보이는 스타일의 드레스보다 클래식한 실루엣 쪽이 어울릴 거예요. 아저씨도 그런 생각이셨던 게 아닐까요?"

"로제까지?!"

완전히 사적인 시간이기에 블라디미르를 『아저씨』라고 편히 부르는 로제도 느긋하게 미소 짓고 있었다.

애초에 귀족 자녀가 아닌 라티나가 정식으로 사교계에 데뷔했을 리가 없었다. 그런 그녀가 『야회』라는, 이른바 어른의 사교장에 모습을 나타내는 것은 본래 말이 안 되는 일이었다. 『사적인 비공식 행사』이기에 가능한 것이었다.

"데일, 불렀어?"

"라, 라티나?"

그때 서적을 끌어안은 라티나가 빼꼼 얼굴을 내밀었다. 데일이 얼빠진 목소리를 내자 그녀는 놀라서 커다란 눈을 끔뻑였다.

"……? 데일이 부른 거 아니야?"

"라티나 양, 마침 잘 왔어요. 모처럼 생긴 기회이니 한번 입어보는 게 어때요? 그레고르 님, 괜찮을까요?"

"그래. 상관없어."

"너희…… 결탁했구나……."

가늘어진 눈으로 그레고르와 로제를 보는 데일 앞에서 라티나는 에르디슈테트 가문의 시녀들에게 둘러싸였다.

"어? 뭐야? 뭐야?"

"로제 님의 어릴 적이 생각나네요."

시녀장이 생긋 웃더니 라티나를 옆방으로 데려갔다. 자신에게 무슨 일이 벌어지고 있는지도 모르는 라티나는 그저 눈만 끔뻑이며 끌려갔다.

"파냐 님께서 절 많이 예뻐해 주셨죠."

"누님은 로제를 아꼈으니까."

따뜻한 분위기 속에서 옛날이야기를 나누는 소꿉친구 사이에 낀 데일은 뭐라 말할 수 없는 불편한 심경이었다. 그런 데일을 향해 로제는 미소를 보냈다.

"라티나 양은 저와 달리 어떤 색이든 잘 어울릴 거예요. 부럽네요."

"그런가?"

"제 머리카락은 색이 특이해서 역시 도저히 어울리지 않는 색이 있거든요."

로제의 말에 데일은 납득하고 고개를 끄덕였다.

라티나는 확실히 뭐든 잘 어울렸다. 굴곡 없이 뚝 떨어지는 체형이라 어른스러운 디자인은 어울린다고 할 수 없지만, 절로 미소 지어지는 심경이 되기는 했다. 그러나 피부를 드러내는 것은 감기에 걸리므로 안 된다. 배를 내보이는 것도, 치마가 짧은 것도, 여자에게 찬기는 적이라고 하니까 좋을 리가 없다. 가슴 부근이 크게 파여 있는 건 더더욱 안 된다. 그런 걸 제외하면 뭐든 잘 어울린다고 해도 될 것이다.

"왜 그렇게나 그녀를 드러내지 않으려고 하는 거야."

"으…… 그건, 내 가족이라는 이유만으로…… 괜한 주목이 모일 거 아니야."

에르디슈테트 공작의 두터운 신뢰를 받으며, 희귀인인 『용사』의 능력을 가진 젊은 영웅. 그것이 사교계에서 데일이 받는 평가였다. 데일은 라반드국의 귀족이 아니지만 그의 고향인 티스로우는 독자적인 문화를 지키는 특수한 토지였다. 단순한 서민과도 위치가 달랐다.

데일 개인에게 보내는 호기심 어린 시선이나 악의적인 소곤거림을 가볍게 받아넘길 수 있을 정도로는 데일도 이 일을 오래 했다.

그렇기에 본성이 순진하고 상냥한 라티나를, 결코 깨끗하기만 하지는 않은 귀족 사회와 연관시키고 싶지 않았다.

"게다가 저렇게나 예쁜 여자아이라고! 쓸데없이 추파를 날리는 멍청한 귀족 자제라든가, 없는 일까지 소문내는 족속이 나타날 게

뻔하잖아.”

“……뭐, 확실히.”

“그야 야회에서도 당연히 라티나는 누구보다도 사랑스럽겠지만 말이지. 그런 건 굳이 확인하지 않아도 잘 아는 사실이고.”

“정말로 한결같네.”

기막혀하는 그레고르의 모습도 데일은 개의치 않았다.

평소 생활과는 달리 화려한 야회에 어울리는 차림인 라티나를 보고 싶다는 기분은 확실히 있었다. 라티나는 지금도 충분히 사랑스럽지만 더욱 무시무시하게 사랑스러울 것이 분명했다. 틀림없이 만인의 시선을 빼앗으리라. 그것은 확정 사항이었다. 새삼 추측할 필요도 없었다.

그래도, 아니, 그렇기에 라티나를 야회 따위에 내보낼 수는 없었다. 외간 남자는 데일에게 전부 『적』이었다.

불필요하고 귀찮은 『벌레』가 그녀에게 접근할 계기를 일부러 만들고 싶지 않았다.

“『해충』이 라티나에게 접근할 기회 따위 필요 없어.”

거무칙칙한 아우라를 뿜어내면서 단언한 데일을 지그시 보고 있던 로제는 살짝 고개를 기울였다.

“데일 님.”

“응?”

“남자분의 독점욕이라는 건가요?”

얼마 전까지의 데일이라면 로제의 그 말을 웃으며 부정할 수 있었다. 자신의 감정은 『보호자』로서 느끼는 것이고, 라티나가 주체할 수 없이 예쁘다는 것도 순전히 사실 그 자체일 뿐이지 그 이상의 의미는 없다고 잘라 말할 수 있었다.

하지만 지금의 데일은 그런 자신의 감정을 분명하게 부정할 수 없게 된 상태였다.

데일은 라티나를 『특별한 이성』으로 생각한 적이 없다고 말했었지만, 그래도 데일은 라티나가 다른 남자와 함께 있는 광경에는 불쾌감만을 드러냈었다. 그것은 『보호자』로서도 이상하지는 않은 반응이었다.

하지만 그것은 정말로 『보호자』로서의 감정일 뿐이었을까. 냉정하게 되돌아보니, 너무나도 어른스럽지 못한 감정적인 부분을 표출하고 있는 자기 자신은 명확하게 단언할 수 없다는 생각이 들어서 데일의 시선이 살짝 방황하게 되었다.

누구에게도 그녀를 빼앗기고 싶지 않다고 바라는 것은 『아버지라면』 당연한 듯하지만 『아버지가 아니라면』 다른 의미를 지닌 감정이었다.

그것을 자각한 지금의 데일은 로제의 말에도 동요를 감출 수 없게 되었다.

"어? 어, 어? 그, 그런 게……! 그런 게…… 맞나? 아니, 그렇지는……."

"진정해."

허둥대며 자기 자신의 감정에 혼란스러워하는 데일을 보고 그레고르는 한숨을 쉬었고 로제는 소리 내어 웃었다.

그때, 옆방 문이 열렸다.

데일은 반사적으로 시선을 그쪽으로 돌렸다가 움찔 굳었다.

라티나가, 있었다.

깊이 있는 와인레드색 드레스의 상반신 디자인은 깔끔했다. 그에 반해 치마 쪽은 주름이 풍성하게 잡혀 있어서 걷기만 해도 화려한 옷자락이 흔들렸다.

"이상하려나…… 뭔가, 진정이 안 돼."

갑자기 이렇게나 호사스러운 의상을 입게 된 라티나의 얼굴에는 곤혹이 있었다. 그래도 기뻐하는 모습으로 몸을 움직이며 옷단이 넘실거리는 모양을 즐겼다.

"머리색이 차분하시기에 강한 색으로 골라보았습니다."

라티나 뒤에 있던 시녀장의 말을 듣고 로제도 웃으며 대답했다.

"평소 라티나 양은 연한 색을 즐겨 입는 것 같지만 짙은 색 쪽이 더 빛나네요."

여성들의 대화를 멀리 들으며 데일은 입을 뻐끔거리고 있었다. 해야 할 말이 있을 텐데, 해야 할 말이 떠오르지 않는다는 표현이었다.

한심한 모습을 표출하고 있는 친구를 보고 그레고르는 도와주고자 입을 열었다.

"누님이 돌아와 있었다면 큰일이 났겠어."

"로제 님께서 아직 어린아이셨을 때, 파냐 님은 자주 자신의 옛

날 옷을 입히셨지요.”

시녀장이 대답한 대로, 어릴 적 사랑스러웠던 로제는 그레고르의 누나인 파냐의 『애정』을 듬뿍 받았다. 하급 귀족 출신인 로제에게 친히 예의범절을 가르치고, 코르넬리우스 가문에서는 본 적도 없는 호사스러운 의상을 입혔다. 수많은 시녀에게 둘러싸여 차례차례 옷이 갈아입혀져서 정신을 못 차리는 어린 로제의 모습을 그레고르도 자주 보았었다.

옛날부터 이 저택에서 일한 시녀들은 그런 따뜻한 광경을 기억하고 있었다. 블라디미르의 말에 들뜬 분위기가 됐던 것도 그 때문이었다.

“잘 어울려.”

평소 말수가 적은 그레고르가 라티나에게 찬사를 보낸 것도 혼란에 빠진 데일의 말을 유도하기 위해서였다.

“라티나…….”

“응~?”

갸웃, 고개를 기울이고 데일을 올려다보는 라티나의 표정에는 희미한 불안과 기대가 있었다. 그녀가 원하는 것은 불특정 다수에게 받는 수많은 칭찬이 아니라 단 한 사람의 「예쁘다」는 한마디였다.

이야기 속에서만 보았던 호사스러운 드레스를 입은 그녀가 그림책 속 공주님 같은 심경으로 뺨을 붉히고, 원하는 말을 애타게 기다리는 것도 어쩔 수 없는 일이었다.

그랬는데.

"……가슴에, 보형물 넣었어?"

데일의 그 말에는 라티나도 진심으로 화냈다.

참고로 지금 라티나가 빌린 드레스는 파냐가 지금의 라티나보다도 몇 살 어렸을 때 입던 것이었다. 그런데도 가슴 부분의 천이 붕 떠서 그녀는 약간 침울해져 있었다.

천이 헐렁거리면 보기 좋지 않은 디자인이었기에 할 수 없이 보형물을 조금 넣었다.

하지만 눈치챘더라도 그것은 지적해서는 안 되는 사항이었다.

"……방금 그건 네가 잘못했어."

"저도 방금 그건 라티나 양과 같은 의견이에요."

"……나도 내가 잘못했다고 생각해……."

울상이 되어 라티나가 씩씩거리며 방을 뒤로한 후에 데일은 테이블에 축 엎어져서 한심한 목소리를 짜냈다.

†

"데…… 데일, 바…… 바보!"

"멍?"

"바…… 바보오……."

라티나는 빈트한테 가서 울고 있었다.

빈트는 에르디슈테트가에 체재하는 동안 주로 공작가 정원을 산책하며 보냈다. 대귀족의 저택에 걸맞은 광대한 부지의 정원은 빈트에게도 즐거운 놀이터였다.

크로이츠 중앙 광장에서 본능이 이끄는 대로 구멍 파기 놀이를 즐기면 데일이나 라티나에게 혼나고 말았다. 하지만 이 정원에서는 아무리 땅을 파도 괜찮은 모양이었다.

그것은 『라티나를 무사히 데려와 주었다』는 빚 때문에 빈트에게 강하게 나갈 수 없는 데일이 공작가에 백배사죄하여 일을 수습하고 있기 때문이었다. 하지만 그런 사정 따위 빈트와는 전혀 관계없는 일이었다.

그렇게 며칠간의 대작인 거대한 구멍에서 흙투성이가 되어 있던 빈트는 한심한 목소리를 내며 흐아앙~ 하고 우는 라티나를 앞에 두고 고개를 갸우뚱했다.

라티나는 드레스에서 평상복 원피스로 갈아입은 뒤 빈트 곁으로 달려온 것이었다. 따로 지기가 있는 것도 아닌 이곳에서 라티나가 가장 솔직하고 꾸밈없는 모습을 보일 수 있는 상대는 데일 다음으로 빈트였다. 데일에 관해 불평할 상대라면 빈트밖에 없었다.

호사스러운 드레스 차림으로 흙투성이 빈트에게 간다는 무서운 짓은 서민파 소녀 라티나에게 불가능한 일이었다. 공작 저택의 손님으로서 적절한 모습은 아니더라도, 외출용조차 아닌 평상복 원피스를 입은 것은 그런 이유였다.

"바…… 바보……."

빈트가 핥아서 눈물을 닦아준 뺨을 회색 모피에 꾹 눌렀다. 치마에 흙이 묻어 더러워졌지만 신경 쓸 여유는 없었다.

라티나는 다른 사람을 나쁘게 말하는 것에 서툴렀다.

그래서 서민 거리의 주점에서 자랐다고는 생각할 수 없을 만큼 악담이나 상대를 매도하는 말을 몰랐다. 어린아이 같은 어조로 「바보」라고 말하는 것이 고작이었다. 그것도 반드시 더듬거렸다. 말을 들은 쪽도 기분이 상하기 전에 헤죽거리게 되는 훈훈한 모습이었다.

그런 쉽게 들을 수 없는 욕을 하면서 라티나는 빈트를 끌어안고 한숨을 쉬었다.

본 적도 없는 예쁜 드레스가 몇 벌이나 눈앞에 펼쳐지자 역시 마음이 들떴다. 짙은 홍옥같이 곱고 아름다운 드레스를 입고 커다란 전신 거울에 비친 자신의 모습을 보았을 때는 「살짝 자만해도 괜찮을까.」 생각하기도 했다. 주위 시녀들도 잘 어울린다고 칭찬해줘서, 거울 속 자신은 약간 쑥스러워하는 모습으로 야무지지 못한 얼굴이 되어 있었다.

원래 라티나는 미추를 판단할 수 있는 소녀였다. 로제를 보고 아름다운 여성이라고 생각했고, 데일보다도 그레고르 쪽이 미형이란 말을 듣는 외모임은 알고 있었다.

다만 그녀는 그것이 인간성을 판정하는 중대한 판단 기준이라고는 생각하지 않았다.

라티나는 낮은 자기 평가의 영향으로 자기 외모에는 자신이 없었지만 그런대로 외양이나 옷차림에는 신경을 썼고, 자신도 그럭저럭 볼 만한 모습이 되었다고는 생각했다. 다른 사람이 보기에는 그 판단부터가 충분히 정상적인 판정을 벗어나 있었지만, 한창때 소녀는 이마에 생긴 여드름 하나에도 세계 종말 같은 심경이 되는 것이었다. 가산이 아니라 감점 방식으로 자신의 나쁜 점을 헤아려버리는 라티나는 극히 평범한 소녀라고 할 수 있을지도 모른다.

그렇기에 거울 속 자신의 모습을 보고 살짝 기대하고 말았다.

데일이 줄곧 함께 있자고 약속해줘서 하늘에라도 오른 듯이 기뻤다. 행복으로 가슴이 꽉 차서 데일에게 인정받을 수 있는 『성인 여성』이 될 때까지 힘내자는 생각이 들었다. 힘낼 수 있다고 생각했다.

하지만 조금 더 『특별한 말』을 듣는다면 더더욱 힘낼 수 있다.

그런 생각을 완전히 억누를 수 없어서 욕심을 부린 자신 잘못이었다. 데일은 아무 잘못도 없었다. 그렇게 라티나는 마음속으로 생각했다.

그래도 거기서 그 말은 너무했다.

"데일…… 바…… 바보……."

"멍."

흐아앙, 라티나가 다시 한심한 목소리를 내자 빈트는 난처해했다. 우는 아이에는 장사 없었다. 세상은 부조리로 가득했다.

울어서 퉁퉁 부은 얼굴로는 저택에 돌아갈 수 없다며 라티나는 빈트를 데리고 정원을 산책했다. 너무 넓어서 이렇게 느긋이 둘러본 적도 없었기에 마침 딱 좋은 기회였다. 어느새 정원을 환히 꿰고 있는 빈트에게 안내받아 꽃이 만발한 구획으로 걸어갔다.

아름답게 정돈된 정원 모습을 보고 라티나의 마음도 조금씩 안정을 되찾았다.

"……예쁘다."

"멍?"

먹을 수 없는 꽃들을 애호하는 심경도, 일부러 이상한 형태로 식물을 심는 의미도 빈트가 이해할 수 있는 영역을 벗어난 사상이었다. 하지만 라티나가 기뻐하니 상관없었다.

"꽃을 조금 받을 수 없을까?"

큼직한 꽃송이에 얼굴을 가져가 향기를 즐기며 라티나는 미소 지었다. 멋대로 따는 짓은 안 하지만 나중에 부탁해보자고 생각했다.

"이렇게 많으면 커다란 화환도 만들 수 있겠네."

"멍."

왕관처럼 머리에 쓸 수 있는 화환도 만들 수 있을 것이다. 그런 상상을 하니 기분도 좋아졌다.

풀 죽어서 후회만 하는 것은 그만두자고 결심했을 터였다. 응, 고개를 끄덕이고 라티나는 힘 있게 주먹을 말아 쥐었다.

"반드시 커져서 데일의 코를 납작하게 만들어주겠어!"

그것은 한창때 소녀가 밖에서 큰소리로 선언할 말은 아니었다.

†

아직 휴양 중이라는 것을 이유로 데일이 재차 야회 출석을 고사하자 블라디미르 공작은 상상했던 것보다 간단히 물러났다.

그 대신 제시한 조건은 데일이 상상도 못 했던 것이어서 그를 아연하게 만들었다.

"라…… 라티나를…… 그린다는 겁니까?"

데일도 공작 저택에 초상화가 등이 드나들고 있다는 것은 알았다. 예술가 한두 사람쯤 비호하는 것이 당연한 세계였다. 재능을 드러낸 전속 화가를 저택에 두고 있어도 이상하지는 않았다.

그래도 굳이 일개 서민인 라티나의 초상화를 그리게 하는 의미를 알 수 없었다.

설마 라티나를 어느 멍청한 귀족 자제에게 팔아넘길 셈인가? 라티나라면 동화 속 여주인공처럼 팔자 고치는 일도 분명 가능할 것이다. 그것이 그녀의 행복이라고, 친절한 마음에서 말을 꺼내고 있는 걸까. 아무리 공작 각하라고는 해도 쓸데없는 참견이었다. 그런 배려는 전혀 필요 없다. 그리고 무엇보다 라티나는 앞으로도 자신 옆에 쭉 있을 것이다. 다른 남자한테 줄까 보냐.

그렇게 이것저것 생각하는 데일에게서는 흉악한 분위기가 줄줄 새어 나오고 있었다. 표정과 태도는 예의 바른 모습을 유지하고 있는데 참 솜씨도 좋았다.

블라디미르는 재미있다는 눈으로 데일을 보고서 느긋하게 미소 지었다.

"우리 가문이 데리고 있는 화가가 정원에서 그대의 『사랑하는 딸』을 봐서 말이지. 그릴 수 없겠냐고 희망한 거야."

"……각하께서 직접 제안하신 것을 거절할 이유는 없습니다."

방금 다른 요청을 거절한 참이라는 것은 깨끗이 무시하고 데일은 동요를 감추고서 대답해 보였다.

블라디미르 옆에 대기하고 있던 시종이 자연스러운 동작으로 데일에게 보충 설명을 해주었다.

아무래도 화가는 보고 싶다고 볼 수 있는 존재가 아닌 살아 있는 환수의 소문을 우연히 듣고 급히 저택을 찾아왔다는 모양이다. 『춤추는 범고양이』에서는 어린아이를 돌보거나 원하는 장소에서 낮잠을 자며 뒹구는 색다른 멍멍이 취급을 받고 있지만 일반적인 세간의 평가는 이런 것이었다.

거기서 화가는 환수를 거느린 소녀라는, 더욱 희귀한 존재를 보게 되었다.

전승이나 영웅담(사가)의 한 편 같은 환상적인 광경이었다.

환수는 흙투성이였고 소녀 역시 흙이 묻어 더러워진 원피스 차림이었지만 그런 것은 눈에 들어오지 않을 정도로 창작 의욕을 불러일으키는 모습이었다고 한다.

후일 데일은 뒷사정을 더 듣게 되었는데, 귀족에게 고용된 초상화가는 상당히 스트레스 쌓이는 직업이라는 모양이었다. 본 대로 충실하게 그린 그림이 반드시 의뢰인에게 좋은 평가를 받지는 않았다. 자신의 눈에 비치는 것을 비틀고 미화하여, 멋지게 완성하는 경우가 보통이라고 한다. 자신이 그리고 싶은 것을 마음 가는 대로 자유롭게 그리고 싶다는 충동의 배출구가 이번에는 라티나였다는 것 같았다.

빈트는 향이 강한 비누로 씻겨진 것에는 불쾌해 보였지만 그 후에 라티나가 정성 들여 브러싱해서 복슬복슬하게 만들어주자 조금은 기분이 풀어진 모양이었다. 불쾌한 냄새를 지우려는 듯이 몇 번이고 라티나에게 몸을 비비적거렸다.

라티나 자신도 공작가의 의상 창고 속에 있던 심플하지만 고급스러운 원피스를 빌려 입고 있었다.

처음에는 라티나도 그림 모델이 되어달라는 말을 듣고 긴장한 모습이었지만, 크게 움직이지 않는 한에서 자연스럽게 있어주면 된다고 하자 지금은 빈트와 잡담하며 꽃들로 화환을 만드는 중이었다. 화가는 평소에 불만 많은 귀족을 상대하는 만큼 모델을 장시간 구속하지 않아도 괜찮도록 기술을 익힌 것 같았다.

재빠르게 움직이는 목탄은 라티나가 순간순간 보이는 다양한 표정을 잡아내 갔다. 데일은 순식간에 그려지는 그 습작들을 보고 신기한 감개를 품었다.

거기에 그려지고 있는 것은 틀림없이 라티나였다.

그런데도 타인의 주관이 들어간 그 그림에는 자신이 생각하는 그녀의 모습과는 확연히 다른 단편이 그려져 있었다.

누구보다도 그녀를 잘 보아왔다고 생각했었다. 누구보다도 그녀를 잘 알고 있다고 생각했었다. 그러나 그것은 맞기도 하지만 틀리기도 한 자신의 『주관』이었다.

자신은 라티나를 모른다.

그것을 인정하고, 그녀를 한 사람의 여성으로서 알려고 노력해야 했다.

자신이 고른 선택은 그렇게 해나가는 길일 것이다.

후일 완성된 그림 한 장에는 날개를 지닌 환수에게 수호받는 화관을 쓴 아름다운 소녀라는, 그녀의 이명을 구현한 듯한 모습이 그려져 있었다.

매끄러운 고급 실크가 만들어낸 실루엣에는 미약한 여성스러움의 편린이 있었다. 우아하게 미소 지은 표정도 앳되다고는 할 수 없었다.

데일은 라티나가 어른이 되어간다는 사실로부터 자신이 필사적으로 눈을 돌리고 있었음을 깨달았다.

자각했던 것 이상으로 자신의 상태는 뿌리 깊은 모양이었다.

안달할 필요는 없다, 아직은 시간은 있다고 자신을 타이르면서 데일은 타인의 눈을 통해 그려진 사랑스러운 여성의 모습을 보며 희미하게 뺨을 붉혔다.

†

"라티나는…… 야회에 나가 보고 싶다고 생각 안 했어?"

"응?"

에르디슈테트 공작 저택에서 야회가 열리고 있는 밤, 데일은 라티나와 함께 방에 있었다. 살짝 죄책감이 포함된 데일의 질문에 라티나는 고개를 갸웃했다.

"으음…… 동경하는 마음은 있어. 데일은 일 때문에 항상 나간다고 했고, 재밌지 않다고도 했지만…… 그림책 속에서만 본 세계인걸. 어떤 느낌일까 궁금하기는 해."

"그런가……."

그것은 한창때 소녀가 당연히 품는 감정일 것이다. 속 좁은 모습을 보이지 말고, 어떤 상황이 벌어져도 자신이 이끌어줄 테니 괜찮다면서 여유롭게 대처해야 했던 걸까.

그렇게 반성하는 데일을 라티나는 상냥하게 웃으며 보고 있었다.

시선이 마주쳐 깜짝 놀라는 데일 앞에서 그녀의 표정은 앳된 모습이 남은 사랑스러운 것으로 부드럽게 풀어졌다. 그런 그녀를 보고 지금까지 그랬던 것처럼 「귀엽구나.」 하고 생각하는 자신과, 어린 모습이 엿보이는 것에 안도하는 자신이 있었다. 데일은 자신의 심정을 냉정하게 확인하며 라티나를 품에 안았다.

"뭐…… 라티나가 생각하는 그런 눈부신 세계가 아니라는 건 확실해. 이매망량이 서로를 속이는 자리니까.”

“……귀신은 싫어.”

“무서워했지?

비유임을 알고는 있어도 언데드를 아주 싫어하는 라티나는 데일의 말에 눈썹을 찡그렸다.

“그리고 라티나는 춤도 못 추잖아. ……눈앞에서 춤추는 걸 보면 나도 춰보고 싶다는 생각이 들지 않아?”

“응.”

“그럼…… 다음 기회가 오기 전까지 해결할 과제네.”

리듬감이 매우 부족한 라티나에게는 큰 과제가 될 것이 틀림없었다. 그녀도 그것을 알고 있기에 살짝 멋쩍은 얼굴로 이리저리 시선을 옮겼다.

멀리서 악단이 연주하는 멜로디가 열린 창문을 통해 두 사람이 있는 곳까지 희미하게 들려왔다.

데일은 그것을 눈치채고 품속의 라티나에게 미소 지어 보였다.

“라티나, 당장 연습하기로 할까?”

데일의 말을 이해하고 라티나는 뺨을 물들이며 웃었다.

“응.”

라티나는 데일이 내민 손에 자신의 손을 올린 뒤 치마 끝자락을 잡고 귀부인답게 무릎을 굽혔다. 로제에게 배운 숙녀 교육은 벼락치기라고는 여겨지지 않을 만큼 그녀의 몸에 밴 모양이었다.

정식으로 야회에 데려가는 것도 머지않은 미래일지도 모른다.

그때가 오면 자신은 그녀를 『사랑하는 딸』과는 다른 존재로 곁에 두게 될 것이다.

라티나가 춤을 흉내 내며 데일의 품속에서 회전하자 치맛자락이 나부꼈다. 그런 그녀에게 데일은 이번에야말로 얼버무리지 않고 똑바로 말을 전했다.

"라티나는 내게 가장 예쁜 여자아이야."

화려하게 미소 짓는 라티나는 그 존재 자체가 커다란 꽃송이 같았다.

그리고 변하는 관계.
4. 청년, 결의하다.

이 『장소』에 오는 건 이제 몇 번째일까— 하고 『그녀』는 생각했다.

모든 빛과(흑백) 모든 색으로 모든 것이 있는 세계.

그 안에 **공석**으로 있는 유일한 『옥좌』 앞.

몇 번이나, 몇 번이나 반복하여 찾아왔다.

『자신』이 『정해버린』 때부터.

이루어지지 않을 마음이라고 가슴 한구석에서 생각하기도 했던, 어릴 때부터 품어온 소원. 그것이 받아들여진 그때— 『자신』은 정하고 말았다.

그리고 그것이 바로 『조건』이었다.

갑자기 눈앞에서 『첫 번째 옥좌』에 기척이 느껴졌다.

유일하게 주인이 없었던 『옥좌』의 주인이 정해졌다.

하늘을 올려다보니 『일곱 색깔 무지개』가 겹겹이 뜨며 새로운 왕의 탄생을 『세계』에 알리고 있었다.

—『그녀』는 짙어진 『기척』을 잘 알았다.

그렇기에 『기척』을 향해 중얼거렸다.

"「축하해…… 『마인족(우리)』이 받드는 새로운 왕.」"

대답이 들린 것 같았다. 『자신』이 **이 사람**의 목소리를 잘못 들을 리가 없었다.

“「『황금』의 이름을 가진 새로운 왕. 예언대로…… 네가 『선택되어서』 정말 다행이야. 『선택되지 않은 게』 나라서 정말로 다행이야…….」”

거듭 『들린』 대답에 조용히 고개를 좌우로 저었다.

“「아니야. 정말로 다행이야. 나는 괜찮으니까. 왕이 되어야 하는 건 너였어. 그러니까…….」”

그렇게 중얼거린 『그녀』는 **일곱 옥좌**의 중심에 나타난 **새로운 옥좌**로 시선을 돌렸다.

“「이 『옥좌(힘)』를 바라지는 않을 테니까…… 괜찮아.」”

영, 혹은 여덟이라고 불러야 할 『섭리 밖에 있는 수』가 붙는 『옥좌』 앞에서 『그녀』는 그렇게 중얼거렸다.

†

“왜 그래? 라티나. 멍하니.”

“응…….”

데일이 그렇게 묻자 라티나는 몇 번 눈을 깜박이더니 고개를 살짝 갸웃했다.

“……모르겠어.”

"최근 그렇게 자주 멍해지네. 몸이 안 좋기라도 한 거야?"

"아니. 그건 아니야. 정말로 괜찮아."

휘휘, 어릴 적을 연상시키는 동작으로 고개를 흔들었다. 그래도 미소를 돌려준 그 얼굴에서는 이제 『앳된 모습』이 거의 사라져 있었다.

데일은 그녀의 미소 속에서 고민의 편린을 발견하면서도 새삼 심각해지지 않도록 배려했다.

"그래."

자신은 언제든 그녀 편이라고, 그것만큼은 전하고자 손을 쥐었다.

그때 데일은 문득 하늘의 이상을 알아차렸다. 아무래도 그것을 눈치챈 것은 데일뿐만이 아닌지 창밖에서 사람들이 술렁거리는 소리가 들려왔다.

"무지개……?"

그것은 이상한 광경이었다.

무지개가 하늘을 덮고 있었다.

단 하나의 무지개가 아니라, 다양한 각도에서 여러 가닥의 무지개가 하늘을 가득 덮고 있었다. 무지개 자체를 본 적은 있지만 이런 『하늘』 모습은 처음이었다.

"『무지개』는 신이 지켜봐 주실 때 뜨는 거야……."

"맞아. 마인족 사이에서도 그렇게들 말해?"

"응. ……내가 태어났을 때도 하늘에는 무지개가 걸려 있었다고 했어. 신께서 지켜보시는 가운데 태어났다고…… 라고, 자주 말했어."

"그래."

『일곱 색깔 신』이라고 불리는 신들의 신위의 일면으로 여겨지는 『무지개』. 신들이 관장하는 색을 모두 내포하고 있기에, 무지개가 하늘에 걸리는 것은 세계 어딘가에 신이 간섭한 증거라고도 했다.

데일 역시 태어났을 때 무지개가 떠 있었다고 한다. 고위『가호』를 지닌 자에게는 드물다고도 할 수 없는 빈도로 일어나는 현상이었다.

그래도 이렇게 무수한『무지개』는 들은 적도 없었다.

신앙심 깊은 자는 땅에 무릎 꿇고 기도를 올리거나 혹은 무서워 벌벌 떠는 모습이 창문으로 보였다.

데일이 반쯤 무의식적으로 옆에 있는 라티나를 끌어안자 그녀는 그의 어깨에 머리를 기댔다.

그리고 데일에게 생소한 말을 속삭였다.

"「*******, ****.」"

"라티나?"

되묻자 그녀는 최근 자주 보이는 꿈속에 있는 듯한 표정으로 회색 눈동자를 부옇게 흐리며 대답했다.

"……『왕』이 ……새로운 왕이 태어났어."

"뭐?"

"**이건** 그걸 나타내는 거야……."

"라티나!"

데일은 그녀의 이름을 강하게 부르고 어깨를 움켜잡았다.

명백하게 평범하지 않은 라티나의 모습이 형언할 수 없는 불안을 불러일으켰다.

순간적으로 『불러서 돌아오게 해야 한다』고 생각했다.

"흐아……?"

라티나는 깜박깜박 크게 눈을 끔뻑였다. 커다란 목소리에 깜짝 놀랐다는 표정으로 데일의 얼굴을 보았다.

독기가 빠져 평상시 같은 그녀의 표정을 보고 데일은 진심으로 안도했다.

"괜찮아? 라티나."

"응? 왜 그래? 데일. 깜짝 놀랐어……."

"깜짝 놀란 건 나야. 멍하니 넋이 나가서…… 정말로 어떻게 된 거야?"

"……?"

데일의 말에 라티나는 이상하다는 얼굴로 고개를 갸웃했다.

라티나의 반응 때문에 피어난 불안을 삼키고, 데일은 애써 침착한 목소리를 내려고 했다.

"……『왕』이라니, 무슨 말이야?"

"어? ……이 『무지개』는 있지, 새로운 『마왕』이 나타난 걸 보이는 거야."

라티나가 당연하다는 듯이 말한 『대답』을 듣고 데일은 미간에 주름을 잡았다.

"마인족에게는 그런 구전이 있어?"

"……? 모르겠어."

질문을 받고 라티나는 다시 이상하다는 얼굴로 고개를 기울였다.

"라그……는 아니고…… 모브……였나……? 누구한테 들었더라……? 데일은 아니지?"

"나는 들은 적도 없는 얘기야."

"그런가…… 누구한테 들었던 걸까……?"

데일과 나란히 하늘을 바라보며 라티나는 생각에 잠겼지만 그 답이 나오는 일은 없었다.

†

다음 여섯째 달을 맞이하면 라티나는 열여섯 살이 된다.

데일이 그녀를 이성이라고 고쳐 인식한 지 1년하고 반년 이상이 지난 것이지만, 두 사람의 관계는 바뀐 듯도 하고 바뀌지 않은 듯도 한 미묘한 거리를 유지하고 있었다.

데일은 라티나를 『자신에게 있어 특별한 여자아이』로 인식하게 되었으나, 그와 동시에 아직 『어린 소녀』라고도 생각했다.

그녀가 성장하고 있다는 것은 분명히 직시하게 되었다. 하지만 그렇다고 곧장 『손댈』 생각은 들지 않았다.

그것은 왠지 사람으로서 하면 안 될 짓인 것 같았다.

그래서 이것저것 이유를 붙여서 현상 유지를 선택했다— 고 생각했다.

라티나 쪽에서도 스스로 무언가를 바라는 발언은 하지 않았다.

그저 데일의 말을 믿고 온화하게 미소 지어주고 있었다. 그 점을 생각하면 데일은 연하인 그녀에게 완전히 응석 부리고 있다고도 할 수 있었다.

그렇다고 해서 데일에게 그렇게 여유가 있는 것은 아니었다.

라티나는 사춘기를 맞이했을 무렵엔 또래 아가씨들보다 성장이 느렸지만 그것은 정말로 『느릴 뿐』이었던 모양이었다.

키는 그다지 크지 않았으나 그 외의 『부분』은 뭐랄까, 상당히 커졌다.

그렇게나 걱정했던 모친의 유전은 그리 큰 영향을 주지 않은 것 같았다. 아빠의 유전자가 이루어낸 일일까.

매일 부지런히 일하는 그녀의 운동량은 상당해서, 손발이 부러질 듯이 연약하지는 않지만 늘씬하게 뻗어 있었다. 허리도 운동 덕분에 꽤 잘록하여 여성 특유의 곡선을 관능적으로 그렸다.

확실하게 말하자면 상당히 스타일 좋게 성장해 있었다.

살짝 동안이라는 인상을 주는 것은 그녀의 표정이 천진하고 앳되어 보이기 때문이었다.

때때로 생각에 잠기는 모습은 나이 차이 나는 데일조차도 두근거리게 했다. 『아름답다』거나 『예쁘다』는 표현을 순수하게 쓸 수 있는 용모였다.

성장한 라티나는 솔직히 말하고 자시고 할 것도 없이, 미인이라고 안 하면 뭐라고 불러야 하는가? 하는 느낌이었다.

그런데도 라티나는 어릴 때와 변함없는 무방비함으로 데일에게 어리광을 부렸다. 완전히 안심한 표정으로 새끼 고양이 같이 다가와 행복하게 올려다보았다.

이것이 계산된 동작이라면 어떤 악녀가 될는지. —하고 데일이 현실도피를 시도할 만한 공격력이었다.

그는 성인군자도 아니었고 감정이 메말라 있지도 않았다. 자신을 사모하는 아름답고 매력적인 여성을 앞에 두고 아무 느낌도 없지는 않았다.

모든 것은 자신이 태도를 확실하게 하지 않는 것이 원인이라는 사실도 자각하고 있는 데일은 매일 그렇게 때때로 번민하며 보내고 있었다.

†

"아무리 기다려도 맺어지지 않는다면 나한테 오면 될 텐데."

"데일이 좋아. 어른이 될 때까지 기다린다고 했으니까, 기다리고 있을 뿐인걸."

“나는 지금 당장이어도 좋은데.”

“데일이 좋아!”

이 1년 반 동안 완전히 『춤추는 범고양이』의 일상이 된 광경이 라티나와 루돌프의 이 대화였다.

포기할 생각은 없다고 했던 루돌프는 그 선언대로 『춤추는 범고양이』에 매일 찾아왔다.

고백 직후에야 어색했지만, 루돌프가 그것을 떨쳐내고 라티나에게 매일같이 구애하며 라티나가 그것을 시원스럽게 거절하는 흐름으로 변화할 때까지 그리 시간은 걸리지 않았다.

아무튼 루돌프는 무섭게 생긴 단골손님 아저씨들의 규탄을 받았다.

하지만 그것에도 꺾이지 않는 기개가 있었고, 라티나가 그와의 대화를 무겁게 받아들이지 않았기에 점차 아저씨들의 태도는 부드러워졌다.

루돌프가 자신의 행동을 통해 솔선하여 라티나 주위를 정리하고 있다는 것도 깨달았기 때문이었다.

루돌프 본인이 포기하지 않겠다는 의지를 라티나에게 보이려는 목적도 분명 있을 것이다. 하지만 그것뿐이라면 많은 사람 앞에서 반복할 필요는 없었다. 루돌프가 일부러 『범고양이』 안에서 주목을 모으며 이 대화를 주고받는 것은 라티나를 노리는 다른 남자들에 대한 견제도 겸하고 있었다.

루돌프가 주위로부터 받는 평가는 『헌병대 중역들에게 귀염받는 젊은 유망주』였다. 그런 자기 자신과, 라티나의 「누구보다도 데일을 좋아한다」는 발언을 굴복시키고서 그녀에게 접근할 수 있겠느냐고 묻는 것이었다.

그 행동을 통해 『보호자』들이 걱정했던 고백 러시가 어느 정도 제압됐다는 공적이 루돌프의 현재 위치를 확립하고 있었다.

그는 노력 중이었다.

"그러고 보니 라티나."

"응?"

1년 동안 달콤한 과실주 외의 것에도 맛을 들인 루돌프가 술잔을 핥으며 라티나를 불러 세웠다.

"지금 이 마을에 마인족 여행자가 와 있어."

"어?"

루돌프의 말에 라티나는 이상하다는 얼굴로 갸웃, 고개를 기울였다.

"마인족이라는 걸 잘도 알았네. 인간족 마을에서 뿔을 내놓고 돌아다닌다는 이야기는…… 그다지 듣지 못했는데."

마인족이 사는 최대 국가 『바실리오』를 비롯하여 마인족은 폐쇄적인 면이 강해서 다른 인족과 거의 교류하지 않았다. 또한 『마왕』의 권속인 『마족』도 마인족이 높은 비율을 차지했기에, 다른 인족들이 위협으로 여기며 두려워하는 면이 있었다.

그런 이유 때문인지 마인족 대부분은 괜한 말썽을 피한다는 의미에서도 다른 인족의 토지에서는 뿔을 숨기는 일이 많았다. 마인족과 인족의 다수를 차지하고 있는 인간족의 분명한 외관상의 차이는 뿔의 유무뿐이었다. 외부에서는 마인족을 거의 볼 수 없는 것도 그런 사정의 영향 때문이라고 여겨졌다.

"아니, 뿔은 숨기고 있었어. 3인조였는데 전부 남쪽 나라풍 모자를 쓰고 있었으니까."

"그럼 어떻게 알았어?"

"**이거**에 반응했어."

그렇게 말하고 루돌프는 자신의 가슴 부근에 매달려 있는 검은 파편을 들어 올렸다.

"그 녀석들은 이게 『뿔』이라는 걸 알았거든."

루돌프가 보인 것은 라티나가 일찍이 스스로 부러뜨린 뿔이었다.

얼핏 보기에는 검은 보석 같은 그것을 뿔이라고 간파해 보인 것도 라티나 자신이었다.

"내 뿔?"

"원래는 사투리가 심한 다른 나라 사람 같다며 동쪽 문지기한테서 지원 요청이 들어온 거였는데."

다른 마을에 비해 여행자에게 관대한 크로이츠지만 모든 내방자를 무조건 마을 안으로 들이고 있지는 않았다.

내부에 들어가고자 하는 자에게 통행세를 받음과 동시에 수상한 인물이 없는지 감시하는 것이 입구를 지키는 문지기의 역할이었다.

그런 가운데 말도 제대로 못 하는 것 같은 타국인을 보고 문지기가 의심을 품었다.

타국 사람이라는 것 자체만으로 수상함과 연결되지는 않았다. 여행자와 상인을 통해 발전한 크로이츠에 있어 타국에서 온 내방자는 환영해야 할 장사 상대였다.

이번에 문제가 된 것은『말을 잘하지 못한다』는 점이었다. 라반드국의 공용어는 전 세계적으로 가장 많은 인구가 사용하는『서방대륙어』였다. 그 말에 서툰 존재는 아무래도 눈길을 끌었다.

헌병대 본부에 문의가 들어갔고, 그 과정에서 전령 역할을 명받은 루돌프가 동문을 방문했다.

그들은 루돌프를 보고 안색을 바꿨다.

3인조 중 한 사람은 분명하게 격앙한 표정이 되었고 다른 한 사람도 참을 수 없었는지 표정을 증오로 일그러뜨렸다.

마지막 한 사람만이 무언가를 생각하는 모습으로 한 점을 — 루돌프가 목에 건 작은 파편을 — 바라보고 있었다.

그들의 그 반응을 보고 루돌프는 그들이『마인족』임을 깨달았다.

"마인족이 쓰는 말은 우리와 다르다고 라티나한테 들었고,『뿔』을 보고 불쾌해하는 것도 자연스러운 반응이지."

"어?"

루돌프의 말을 듣고 라티나는 어리둥절해 했다. 그녀의 그 반응에 놀란 루돌프는 어이없다는 표정을 지었다.

"이건『뿔을 부러뜨리는』 행위의 결과잖아."

"아. 그러네."

종족의 특징인 『뿔』을 신성시하는 마인족에게 『뿔을 부러뜨린다』는 것은 가장 큰 모멸 행위에 해당했다.

일찍이 라티나가 그랬던 것처럼, 죄를 저지른 자는 한쪽 뿔을 부러뜨리고 추방하는 형벌을 받았다. 또한 상대를 모욕하기 위해 승자가 패자의 뿔을 빼앗는 일도 있다고 한다. 전사에게는 살아 있는 것이 수치나 마찬가지인 일이었고 그때는 자결하여 목숨을 끊는 자도 적지 않다고 한다.

『뿔』이라는 것 자체가 그런 행위가 있어야만 발생하는 존재였다.

『마인족의 뿔』을 소유한 루돌프를 보고 마인족이 분노한 것은 당연한 일이었다.

"그중 한 사람이 일행을 제지해서 아무 일도 일어나지 않았지만."

마인족은 겉모습만 봐서는 나이 차를 알 수 없었다. 마인족은 성숙해진 뒤에는 느리게 노화하여 성인 기간이 매우 긴 종족이었다. 다만 주위 반응을 보면, 루돌프가 가진 뿔을 보고 생각에 잠겼던 자가 일행의 책임자인 것 같았다.

"아가씨, 『뿔』을 다른 사람한테 줬던 거야?"

라티나와 루돌프의 대화를 듣고, 옆 테이블에서 평소처럼 값싼 술을 마시던 질베스터가 끼어들었다. 저도 모르게 말을 꺼낸 듯한 그의 얼굴은 놀란 표정이었다.

"질 씨?"

"그런 걸 가지고 있으면…… 마인족한테 싸움을 거는 거나 마찬가지고, 인간족(우리) 사이에서도 『저주받은 아이템』의 대명사로 취급되고 있어."

"그래?"

"감정(그쪽)(鑑定) 방면에 밝은 녀석한테 들은 얘기인데 원념이나 저주가 담겨 있다고 해. 부러지는 과정을 생각하면 충분히 이해가 되지."

질베스터의 설명을 듣고 그제야 라티나는 납득한 얼굴이 되었다. 어릴 적 고향을 떠나 크로이츠에서 자란 라티나는 마인족의 관습이나 사고방식에 어두운 면이 있었다. 자신에 관한 말을 들어도 약간 남의 일처럼 반응했다.

"나는 인간족이 아니니까 『마력 부여(인챈트)』는 못 하는데……."

라티나는 그렇게 중얼거리면서 루돌프가 목에 건 자신의 뿔 조각을 만졌다.

기술이며 능력이라고도 불리는 『마력 부여(인챈트)』는 인족 중에서 인간족만이 가진 종족 특성이었다. 인간족은 그 능력을 이용하여 마법을 사용하지 못하는 자여도 마력을 활용할 수 있는 도구인 『마도구』를 만들어낼 수 있었다.

"이건 『내 일부』니까…… 내 마력이 남아 있어."

"그래?"

"응. 아마 저주라고 불리는 건, 보통은 『뿔에 남은 마력』이 괴롭다든가 싫다든가…… 절망에 빠진 감정이기 때문이지 않을까."

라티나는 그렇게 말하고서 루돌프에게 미소를 보냈다.

"하지만. 이건 아마 괜찮을 거야. 클로에가 『예쁘다』고 말해준 게 기뻐서 그런 건 전부 덮여버렸으니까."

"나…… 난 그런 거 신경 안 써."

라티나의 『잔향 같은 것』이 깃들어 있음을 알고 루돌프가 그것을 싫어할 턱이 없었다.

"내가 여기에 담은 건 소중한 친구 곁에 있을 수 있어서 기쁘다는 기분이야. 아마도 부적 같은 느낌이 되어 있을 거야. 이걸 지그시 보고 있었다던 사람은 그걸 알았던 게 아닐까."

인간족 등이 분간할 수 없는 다양한 것을 『볼 수 있다』는 점도 마인족이 높은 기본 능력을 지닌 종족이라고 일컬어지는 한 원인이었다. 마력의 잔재도 볼 수 있기에 『뿔』의 파편 역시 재질을 오해하지 않고 분간할 수 있는 것이었다.

라티나의 말을 들은 루돌프는 재빨리 목걸이를 안으로 집어넣었다. 『저주받은 아이템』과 『라티나가 만든 부적』이어서야 주위의 보는 눈이 확연하게 달랐다.

"그래도 한동안 외출은 삼가는 편이 좋지 않아? 그…… 라티나 너는 그다지 고향 녀석들과 만나지 않는 게…… 좋을 것 같아서 말이야."

루돌프가 그렇게 말한 것은 그가 헌병대에 소속되게 되면서 『죄인의 한쪽 뿔을 부러뜨려 추방한다』는 마인족의 관습을 알았기 때문이었다.

루돌프를 비롯하여 『춤추는 범고양이』에 다니는 자들은 고향에서 쫓겨났다는 라티나의 과거를 알고 있어도 그녀를 죄인이라고는 생각하지 않았다. 특히나 어릴 적의 라티나를 아는 자에 이르러서는 이런 착한 아이를 죄인이라고 부른다면 세상 사람들 대부분이 대죄인일 것이라고 인식했다.

그래도 그녀가 고향에서 추방당한 이상, 거기에는 어떤 이유가 있을 터였다.

어떻게 생각해보아도 성가신 일일 터인 그것에 라티나를 연관시키고 싶지 않다고, 그녀의 주위 사람들은 바라고 말았다.

"나 있지, 어릴 적에 정말로 한정된 사람들이랑만 지냈으니까…… 날 알고 있는 사람은 아주 적을 거야. 『내가 추방되었다』는 사실은…… 많은 사람에게 알려졌을지도 모르지만."

라티나는 그렇게 대답하고서 루돌프에게 웃어 보였다.

"하지만 걱정해줘서 고마워, 루디."

"어…… 어어!."

라티나의 아름다운 미소를 직격으로 받은 루돌프는 빨개진 얼굴을 얼버무리고자 술잔을 입으로 가져갔다.

밤, 다락방에서 단둘이 되는 것을 기다려 라티나는 루돌프에게 들은 이야기를 데일한테 보고했다.

『밤 축제』 사건 때, 두 사람은 일시적으로 생활 공간을 나눴었지만 『춤추는 범고양이』의 다락방은 지붕의 경사도 있어서 두 방으로 만들기엔 좁았다. 원래는 창고로 쓰이던 공간이었다. 움직일 수 없는 짐도 많았다. 그래서 그때 라티나가 데일에게 거리를 두려고 만들었던 공간은 일시 피난을 위한 좁고 한정된 공간이었다.

그런 점도 있어서, 화해를 넘어 더욱 친밀해진 두 사람이 왕도에서 돌아온 후 라티나는 당연하다는 듯이 데일 곁으로 돌아왔다. 데일은 그 품속에 치유를 되찾았다.

조이는 것 없이 넉넉한 원피스는 라티나가 잠옷으로 입는 옷이었다. 그녀는 그 모습으로 창가에 마련된 책상으로 향했다. 받침대가 붙어 있는 작은 거울을 책상 위에 놓아서 간이식 화장대로도 쓰고 있었기 때문이다. 거기서 거울을 마주하고 목제 빗을 이용해 긴 머리를 꼼꼼히 빗는 것이 그녀의 밤 일과였다.

달콤한 냄새가 나는 향유를 성긴 빗에 묻혀서 머리끝부터 정성껏 빗어 갔다. 그 작업을 하며 오늘 하루 있었던 다양한 일을 데일에게 보고하는 것 역시 그녀의 일과였다.

데일 또한 무기나 도구를 정리하거나 점검하면서 라티나와 잡담이라고도 할 수 있는 대화를 나누었다. 라티나가 어릴 때부터 반복해와서 두 사람에게 이제는 『당연』해진 온화하고 부드러운 시간이었다.

"루디가 그렇게 가르쳐줬어."

라티나의 그 보고를 듣고 데일은 조금 놀란 얼굴이 되었다.

"그보다…… 뿔이라니, 네가 갖고 있던 거 아니었어?"

데일은 마인족이 『뿔』을 신성시한다는 것을 알고 있었다. 그렇기에 스스로 부러뜨리기는 했어도 라티나가 자신의 뿔을 소중히 간수 중일 거라고 생각했다.

아무리 친구라고는 하지만 타인에게 간단히 넘겼을 줄은 몰랐다.

그리고 라티나의 뿔 조각을 절친도 아니고 『단순한 친구』가 왜 가지고 있는 것인가. 마인족과 말썽이 생겨서 두드려 맞는 수준의 피해를 당했어도 좋을 정도였다. 라티나도 왜 그런 흑심 있는 녀석을 상대로 태평히 있을 수 있는 걸까. 역시 위기의식이 희박한 게 아닐까. 그렇게 생각하고 말았다.

데일의 기본적인 사고방식은 『딸바보』였던 무렵과 차이가 없었다.

"왜? 나는 필요 없는걸. 달라고 말해준 클로에나 루디가 가지고 있는 편이 기뻐."

"라티나가 그렇게 말한다면 됐지만……."

라티나의 올곧은 시선은 떳떳했다. 여러 가지로 생각해버리는 자신 쪽이 과하게 의심하는 것이리라. 데일은 그런 생각을 하면서 한숨을 한 번 쉬었다.

"바실리오에 널 찾는 녀석이 있어?"

마인족 여행자의 이야기를 듣고 데일이 생각한 것은 그것이었다.

데일은 라티나의 고향에 관해 거의 몰랐다. 추방되었을 때 그녀 자신이 어렸다는 점도 있지만, 어린 그녀에게 고향에서 추방당했다는 사실이나 그 이유가 된 예언에 관해 묻는 것은 깊이 상처 입은 그녀의 마음을 들추는 행위였다.

라티나에게 있어 고향에서의 추억은 괴로운 일이 너무 많은 것 같았다.

꼬치꼬치 캐묻는 것은 귀엽고 소중한 그녀를 괴롭히는 일과도 같아서 데일은 그러자는 생각을 하지 않았었다.

데일의 질문에 라티나는 쓸쓸한 미소를 지었다.

"모르겠어. ……하지만 난 돌아가면 안 돼."

그 말은 포기와도 다른, 각오와 같은 울림을 지니고 있었다.

"바실리오에서 내 존재는 재앙밖에 안 돼. 그 나라는 지금, 마침내 모두가 애타게 기다렸던 새로운 『첫째 마왕』을 받들게 됐는걸. ……분명 모두가 희망하던 좋은 나라로 만들어줄 거야……."

"라티나? 너……?"

"나는 『재앙』 따위…… 되고 싶지 않아."

"……그게 네가 받은 『예언』이야?"

라티나의 중얼거림 속에 포함된 불온한 울림을 감지하고 데일은 그녀를 끌어안았다. 어릴 때부터 줄곧 그랬던 것처럼 보호받고 있다는 안심감을 줄 수 있도록 자신의 품속에 가두었다.

의자 위에서 데일의 무릎 위로 이동한 라티나는 데일의 어깨에 머리를 올렸다.

예전에 『예언』 내용을 기억하지 못한다고 대답했던 그녀는 희미하게 고개를 가로저었다.

"모르겠어. 하지만 어른이 되고…… 생각하니까. 부모님이 했던 말이 떠올라서…… 그렇지 않을까 싶기도 해."

자신을 안아주는 데일의 등으로 팔을 뻗어 자신도 그 온기에 몸을 기댔다. 그러면서 라티나는 작은 목소리로 말을 이었다.

"우리 부모님은 나를 지켜주려고 했어…… 그 나라에 그대로 있었다면 나는 분명 『재앙』을 가져왔을 거야…… 그러니까 나를 지키려고 밖으로 데리고 나갔던 거라고 생각해."

"라티나를 보고 있으면 네가 사랑받고 자랐다는 것 정도는 알 수 있어."

어릴 때부터 순수하고 다정한 성품이었던 그녀에게 어두운 모습은 없었다. 죄인이 되어 고향에서 추방당한 것치고는, 그녀는 아무것도 원망하지 않고 올곧게 자라고 있었다. 죽은 부친을 애도하는 모습에서도 그녀가 정말로 아빠를 사랑했음을 엿볼 수 있었다.

그녀가 때때로 이야기했던 과거의 단편에서도 알 수 있는 일이었다.

라티나의 부모는 그녀를 깊이 사랑하며 키웠을 것이다. 주위에서 『예언』을 이유로 몰아세워도 계속 그녀의 아군으로 있었다. 마지막 순간까지 그녀를 걱정했다. 라티나 역시 그런 부모의 사랑을 의심하지 않고, 그 사랑에 화답하듯 자랐다. 그녀의 근간에는 흔들림 없는 깊은 애정이 있었다.

그렇지 않았다면 부모를 잃고 고향에서 쫓겨난다는 커다란 상실을 체험한 그녀가 『낮은 자기 평가』 정도의 작은 심적 외상만으로 끝나지는 않았을 것이다. 어른이더라도 세상 모든 것에 절망할 만한 환경에 떨어졌지만 그녀는 누구도, 아무것도 원망하지 않을 수 있었다. 자신의 전부를 부정하는 마음을 품지 않고, 증오나 슬픔에만 사로잡히지 않은 채 살아갈 수 있었다.

"그러니까 나는…… 그 나라에 돌아갈 수는 없어."

쓸쓸하게 미소 짓는 라티나를 끌어안은 팔에 무의식적으로 힘을 주면서 데일은 그녀가 잃은 많은 것을 다시금 생각했다.

†

라티나가 잃어버린 것을 헤아릴 때마다 데일은 생각했다.

자신은 그녀에게 무엇을 줄 수 있을까. 자신은 그녀의 무엇으로 있을 수 있을까.

그녀가 잃은 모든 것을 대신할 수 있다는 식의 교만한 생각은 하지 않았다. 그래도 지금 그녀의 안식처이며 그녀의 존재를 긍정하는 존재로 있으면 된다고는 생각했다.

있어주는 것만으로도, 무엇보다 그것이 귀중하다고 전해줄 수 있는 존재로 있고 싶다고 생각했다.

이제 자신은 그녀가 없던 때를 떠올릴 수도 없게 되었다.

그리고 앞으로도 줄곧 옆에 있어주길 원했다.

그렇다면 자신은 슬슬 각오를 다져야 했다.

"라티나랑 결혼하는 걸 최근 진지하게 생각하고 있어."

"늦은 감이 있네."

"새삼스러워."

"차여도 되는데."

"멍."

그렇기에 꺼낸 일대 결심이었는데 집주인 일가와 한 마리는 일제히 그런 대답을 했다.

울어도 될까요. 하고 데일은 살짝 진심으로 풀이 죽었다.

"아~ 우~."

케니스의 품에 안겨 있는, 테오의 여동생 에마가 데일의 머리로 작은 손을 뻗었다. 그의 검은 머리에 손이 닿자 마구 흩뜨려 놓고 만족스럽게 웃었다. 위로해주고 있는 모양이었다. 부디 이대로 다정한 아이로 자라달라며 간절히 기원했다. 엄마 리타처럼 기가 센 여성이 아니라 라티나같이 온화하고 상냥한 여성을 목표로 삼았으면 했다.

"그래서 최근 본격적으로 집을 찾고는 있는데……."

"데일은 없어져도 상관없지만 누나는 이대로 있는 게 좋아~."

"부모랑 똑같은 소리를……."

다섯 살 아동에게 보내는 데일의 애매한 시선에도 겁먹지 않고 테오는 당당한 모습으로 잘라 말했다.

"데일이 「불의의 사고」를 당한다면 내가 누나를 아내로 삼을 거야."

"예전부터 생각했는데 이 가게에 오는 아저씨들, 어린애 교육에는 최악이란 말이지."

"라티나는 정말로 올곧게 자라줘서 안도하고 있어."

데일의 말에는 케니스도 동의했다. 그는 품에 안은 에마에게 미묘한 시선을 보냈다.

어린아이에게 어쩔 도리가 없는 사고방식이나 말을 가르치는 것이 이 가게에 모이는 주정뱅이들이라는 건 굳이 추측할 필요도 없을 만큼 충분히 알고 있는 사실이었다.

“나는 그렇게 간단히 안 죽어.”

“누나, 『마인족』이라서 기회는 잔뜩 있어. 내 쪽이 젊으니까 시간은 많아~.”

“……진짜 그 아저씨들, 무슨 말을 불어넣고 있는 거야…….”

의기양양한 표정을 짓는 테오는 데일의 반론에도 꺾이지 않았다. 어린아이의 너무나 강경한 발언에 데일 쪽이 머리를 싸맸다.

테오의 발언은 상당히 심한 내용이기는 했지만 어린아이가 하는 말이었고, 테오가 진심으로 라티나를 좋아한다는 것을 아는 데일은 어른스럽지 못하게 험악한 표정을 짓지는 않았다.

가장 큰 원흉은 『춤추는 범고양이』에 드나들며, 가게 주인 부부의 첫 아이인 테오도르를 『예뻐하는』 단골손님들 쪽이었다.

애초에 주점이라는 환경에서 자라는 이상, 고상함과는 거리가 먼 상스러운 대화를 일상적으로 접하게 되는 것은 어쩔 수 없는 일이었다. 악의가 있든 없든 주정뱅이에게 거기까지 도덕을 바랄 수는 없었다. 느긋하고 예의 바른 소녀인 라티나조차도 『요정 공주』라는 이명에 걸맞은 그 외모에 어울리지 않을 만큼 서민다운 억척스러움을 가지게 된 생활 환경이었다. 남자아이인 테오라면 더더욱 그럴 것이다.

"그건 그렇고 결혼이라니…… 뭔가 여러 가지로 확 건너뛰었네. 뭉그적뭉그적 뒤로 미루는 줄 알았더니 갑자기 그리로 가는구나."

리타가 어이없어하는 것도 당연했다. 소녀에서 어른으로 가는 과도기인 라티나라면 모를까, 나이도 먹을 만큼 먹은 데일이 플라토닉도 유분수인 미적지근한 관계를 몇 년이나 계속해왔다.

"나 말이지, 뭐랄까…… 지금도 『라티나의 보호자』라는 부분이 남아 있는데."

"뭐…… 지금도 『보호자』이긴 하니까."

"『보호자』로서 나는 이렇게 생각하는 거야. 『가벼운 마음으로 라티나한테 손대는 녀석은 죽여버리겠어』."

너, 『가벼운 마음』이 아니더라도 그녀에게 손대는 놈은 용서하지 않을 거잖아— 라는 태클은 밖으로 나오는 일 없이 가게 주인 부부의 마음속에 남았다.

"그러니까 『나 자신』에게도 그런 느낌이어서. 라티나 상대로 어중간한 짓은 하고 싶지 않았어. 라티나는 꽤 안 좋은 방향으로 생각하는 버릇이 있고 말이지."

"그래서 결혼인가."

"솔직히 조금씩 손댈 것 같아서 최근에 무서워."

"라티나…… 성장했지……."

"성장했어……."

"본인이 그렇게나 신경 썼었는데…… 정신 차리고 보니 순식간이었지…… 수유 중인 나보다도 지금은 **크고**……."

라티나의 어릴 때를 알고 있기에 어른들은 먼 곳을 보는 눈이 되었다.

리타에 이르러서는 자신의 가슴 부근으로 시선을 내리고 희미하게 한숨을 쉬었다. 딱히 큰 것이 뛰어난 것은 전혀 아니었고, 신경 쓸 생각도 없었다. 그래도 그렇게나 작았던 『여동생 같은 존재』와 크게 차이가 벌어지니 미묘한 기분이 들었다.

"우리, 한침대에서 자는데."

다락방에 놓인 침대는 지붕 높이가 한정된 공간을 유효하게 이용하자는 관점도 있어서 면적 자체는 평범한 침대보다도 상당히 넓었다. 라티나가 성장한 지금도 둘이서 자기에 불편하지 않은 넓이였다.

애초에, 특히나 시골 등지에서는 방 숫자나 난방 기구 문제로 일가족이 침대를 공유하는 일도 드물지 않았다. 장소나 환경에 따라서 다르긴 하지만, 개인 방이나 개별 침대는 유복한 가정에서만 누릴 수 있는 사치였다.

그런 점을 생각하면 데일과 라티나가 같은 이불을 덮는 것 자체는 상식적으로 떳떳하지 못한 행동은 아니었다.

자신 옆으로 파고든 라티나가 행복하게 편히 쉬는 모습은 매우 사랑스러웠고, 무의식적인 행동인지 온기를 바라듯 자신의 등으로 다가오는 동작에도 데일은 치유받고 있었다.

그렇긴 하지만, 언제부터인가 데일은 그 행동 과정에서 말랑한 감촉을 느끼게 되었다.

그것이 무엇인지 알아차린 때부터 데일은 미묘하게 라티나와 거리를 두려고 시도해보기는 했다. 그러나 수면 중 무의식적으로 하는 행동을 완전히 제어할 수 있는 특수 능력을 그는 갖추고 있지 않았다.

"부드럽고 좋은 냄새가 난다고 생각하며 일어나 보면 라티나를 끌어안고 있는 게 최근 패턴이야."

"자랑하는 거야?"

"자랑할 수밖에."

여전히 이 남자는 그런 점에서는 당당했다.

"라티나가 예쁜 건 사실이니까."

그 부분을 무시하는 주위 사람들의 스킬도 해마다 향상되고 있었다.

"괜찮은 물건은 있었어?"

"그게 어려워…… 일단 서구에서 찾고 있는데…… 라티나는 반드시 『범고양이(여기)』에 다닐 거라고 말할 거 아니야?"

"우리도 라티나가 없으면 큰일이니까."

"라티나 덕분에 테오도 퇴행 행동을 보이지 않았고."

부모, 특히나 아빠인 케니스와 리타의 부친인 외할아버지는 둘째 에마에게 푹 빠지게 되었다. 엄마인 리타는 그 부분에서 확실히 하고는 있었지만, 그래도 갓난아기에게는 손이 많이 가고 말았다.

테오가 그것에 삐쳐서 이른바 『퇴행 행동』을 보이지 않았던 것은 그만큼 라티나가 테오에게만 붙어 있었기 때문이었다.

라티나라고 갓난아기에게 관심이 안 갈 리가 없었다.

그래도 라티나는 동생이 태어나 쓸쓸해진 테오를 민감하게 알아차렸다. 그래서 테오를 듬뿍 예뻐해 주었다. 부모보다도 『누나』를 아주 좋아하는 테오에게는 결과가 좋으면 그만인 사태였다.

데일을 향한 테오의 강경한 발언도, 이런 상황을 겪으며 라티나에 대한 애정이 강해졌기 때문일지도 몰랐다.

"그렇다고 남구에서 찾자니 내가 일 때문에 집을 비운 사이가 걱정돼서…… 왕복 시의 안전을 택할지 부재중의 안전을 택할지 고민이야……."

데일은 과거 몇 번인가 라티나와 함께 새집을 장만하는 계획을 세웠었다.

그때마다 단념한 것은 그런 걱정거리를 해결할 수 없었기 때문이었다.

특히 자신이 장기 업무로 집을 비운 사이, 지금보다 어렸던 라티나를 혼자 생활하게 둘 수 있겠는가 하는 의문점이 컸다.

라티나의 안전을 생각한다면 『범고양이』의 다락방은 어떤 고급 주택가의 대저택보다도 안심되는 환경이었다.

서구의 고급 주택가에서 그럭저럭 괜찮은 저택을 구한다면 환경은 좋지만 강도 등의 불안도 생겼다. 집을 유지하고자 하인을 고용한다면 인물도 꼼꼼히 살펴야 했다.

『범고양이』에서 일하기 위해 라티나가 통근하는 시간대는 인적이 드문 이른 아침이나 심야가 될 것이다. 여자 혼자 걷는 것이 당연히 걱정되는 시간대였다. 『범고양이』가 있는 남구는 신원이 불분명한 여행자나 불량배도 많았다. 서민이 거주하는 주택가이기도 했지만 치안이 좋다고 단언할 수는 없었다. 모든 사람이 선량하다니 그런 일은 불가능했다.

데일이 집을 비웠을 때만 『범고양이』에 거주하는 것도 현실적이지는 않았다. 집 안의 공간은 한정되어 있다. 그런데 거주자가 없는 다락방을 놀릴 턱이 없었다. 그리고 그때마다 운 좋게 객실이 비어 있을 거라고 장담할 수도 없는 일이었다. 라티나가 거주하는 공간을 한정적으로 확보하는 것은 어려웠다.

"라티나가 지닌 마법사로서의 기술로 어느 정도 자기 안전은 지킬 수 있다는 거야 알고 있지만. 그래도 위험하다는 사실은 변함없고. ……라티나는 근본이 다정한 아이니까 불량배 상대로도 주저할지도 모르잖아…… 그냥 죽여버리면 되는데 말이야."

"보통은 그렇게까지 딱 잘라내지 못해."

"죽여버려~!"

"너도 그다지 아이 교육에는 안 좋네."

작은 주먹을 치켜들고 선언한 아들의 모습을 보고 아버지는 냉정한 판단을 내렸다.

"네가 부재중이라는 건 아무래도 쉽게 알려지니 말이지. 여러 가지 의미에서 너는 유명해. 최근 젊은 녀석들 사이에서는 『왕도에서 이름 높은 데일 레키』로서 너를 영웅시하는 녀석도 적지 않으니까."

그리고 젊은이들 대부분은『실물』을 보고 경악했다.

전장에서 만난다면 데일은 젊은 영웅으로 칭송받는 명성에 걸맞은 모습을 보여줄 것이다. 하지만 이 크로이츠에서 일상적으로 볼 수 있는 데일의 모습은 그렇지 않았다. 나이 차이 나는 수양딸이라면 사족을 못 쓰는, 이젠 크로이츠의 명물이라고 해도 과언이 아닌『딸바보』로서의 모습이었다. 젊은이들의 동경을 깨부수기 충분한 양상이면서도 뿜어내는 존재감은 소문대로라는 복잡한 인상을 주위에 주고 있었다.

그중 누군가가 라티나를 마음에 두기라도 하는 날에는『영웅』으로서의 패기에 의해, 토벌당하는 측을 체험할 수 있기도 했다.

"네가 부재중이고…… 라티나가 혼자 지내고 있다고 하면……."

"날마다 다른 성범죄자 나타나도 놀랍지 않지."

"그치?"

"빈트가 있으면 번견은 되겠지만…… 솔직히 그래도 부족해."

"멍?"

직접 그녀를 덮치는 존재뿐만 아니라 엿보기나 도둑 등 경계할 대상이 너무 많았다. 아무리 능력 좋은 환수라고는 해도 짐이 너무 무거울 것이다.

"……그러니까 적어도 라티나는 내 거라는 걸 주위에 확실하게 보여주기 위해서라도 관계를 명확히 할 필요가 있다고 생각한 거야."

그렇게 데일이 유난히 이유를 찾는 것 자체가 쑥스러움을 감추기 위해서라는 것을 아는 형님과 그 아내는 서로 슬며시 눈짓을 주고

받고 쓴웃음과 닮은 표정을 나누었다.

그것을 들추지 않고 내버려 두는 것은 최소한의 자비였다.

그렇게 선언한 뒤 얼마 지나지 않아 데일은 크로이츠의 중앙 광장에 가자고 라티나에게 권유했다.

"라티나, 잠깐 시간 괜찮아?"

"왜~?"

데일의 목소리에 발을 멈춘 라티나는 고개를 살짝 갸웃하며 그를 보았다.

"날씨도 좋고, 광장까지 걷는 건 어떨까 싶어서."

"산책? 테오도 부를까?"

그의 말 이면에 있는 각오를 눈치채지 못하고 라티나는 평소처럼 느긋한 미소를 보냈다.

"아니…… 가끔은 둘이서 가자."

"멍?"

"그러니까 너도 집에 있어."

"멍."

데일이 빈트에게 못을 박자 라티나는 재밌는지 작게 웃었다.

『춤추는 범고양이』를 나섰을 때부터 서로 손을 잡고 천천히 걸었다. 그 거리는 두 사람이 처음 만났을 때부터 줄곧 당연하게 존재했던 위치 관계였다. 라티나가 사춘기를 맞이했을 무렵에는 조금 떨어져 있었지만 다시 잡게 된 손이었다.

처음에는 미아가 되지 않도록 잡았던 것이었으나 언젠가부터 이유는 그것뿐만이 아니게 되었다. 그래도 「그녀가 자신 옆을 떠나지 않도록.」이라는 자신의 심증을 분석해보면 그다지 변화는 없을지도 모르겠다고 데일은 생각했다.

둘이서 천천히 걸어가는 길은 예전에 어린 라티나를 품에 안고 처음으로 동구에 갔을 때 걸었던 길과 도중까지 같았다.

"처음 라티나를 동구에 데려갔을 때, 기억해?"

"굉장히 놀랐던 건 기억나. 그렇게 많은 사람은 본 적이 없었으니까."

"나도 시골에서 나왔을 때는 깜짝 놀랐었지."

"데일이 데려가 줬던 신발 가게 있잖아. 테오랑 에마의 신발도 거기서 사고 있어. 어린이용 신발을 잘 만들거든."

"흐응…… 그럼 라티나, 지금은 다른 곳에서 사?"

"클로에가 가르쳐준 곳에서 사. 리타한테도 추천했어. 새로 생긴 가게인데, 어느 신발이나 공들인 디자인에 착용감도 좋아."

"그렇구나."

이야기 내용은 일상적인 잡담이었다. 대화 중간중간 라티나는 때때로 어색한지 옷 위로 왼쪽 팔을 만지고 있었다. 데일은 별생각 없이 만진 그곳에서 딱딱한 감촉을 느끼고 잠시 생각했다.

"아아, 팔찌야?"

"응. 줄곧 넣어뒀었는데. 슬슬 착용해도 괜찮을까 싶어서 꺼내봤어."

그것은 그녀의 아빠 이름이 새겨진 팔찌로 그녀가 유일하게 지닌

『고향 물건』이었다. 성인용 팔찌였기에 어렸던 라티나에게는 너무 컸었다. 잃어버리면 안 된다면서 방에 있는 그녀의 『보물 상자』에 넣어두는 모습을 데일도 보았다.

"익숙하지 않으니까 어색해서……."

"『마인족』의 관습인가……."

"어릴 적에 봤던 어른들도 다들 차고 있었거든. 어른이 되면 착용해보자고 생각했어."

"괜찮지 않아? 너희 아빠의 『부적』이고 말이지."

"응."

넉넉한 옷 때문에 그녀의 팔은 보이지 않았다. 그래도 예전에 봤던 팔찌 형태를 떠올릴 수 있었다. 가느다란 어린 팔에는 헐렁헐렁했던 팔찌를 어느새 착용할 수 있을 만큼 성장했구나 하고 감개무량해졌다.

크로이츠의 중앙 광장에서는 오늘도 많은 사람이 각자 휴식 시간을 보내고 있었다.

환성을 지르며 뛰어다니는 어린아이들의 모습 속에서 예전 자신의 모습을 보았는지 라티나는 부드러운 표정을 지었다.

"라티나는 어린아이를 좋아하는구나."

"그런가? 그럴지도."

『범고양이』에서 테오나 에마, 아이들 돌보기를 마다하지 않으며 이렇게 아이들을 볼 때마다 자상한 표정이 되는 라티나를 데일은 줄곧 보아왔다. 그는 그렇게 그녀를 줄곧 보고 있었다.

"나도, 언젠가……."

"응?"

"……아니. 아무것도 아니야."

라티나가 하려던 말을 알아차리면서 데일은 그녀와 맞잡은 손에 살며시 힘을 주었다.

넓은 잔디밭은 사람 수가 많아도 그것이 의식되지 않을 만큼 매우 개방적인 느낌이었다. 군데군데 심어진 나무가 만드는 그림자가 땀이 날 정도로 따뜻하게 내리쬐는 햇볕을 차단해주었다. 청량감 있는 산들바람이 뺨을 어루만지자 라티나가 눈을 가늘게 좁혔다.

나무 그늘을 골라 잔디밭 위에 앉았다. 아이들의 환성이 멀리 느껴지며, 머리 위의 가지와 잎이 수런거리는 소리가 귀에 닿았다.

"라티나."

"응?"

데일이 이름을 부르자 돌아본 라티나는 눈부실 정도로 예뻤다.

윤기 있는 긴 머리카락을 느슨하게 땋아 늘어뜨리고, 탄력적이고 매끄러운 피부는 화장할 필요도 없을 만큼 싱그럽게 빛났다.

회색 눈동자를 꾸미는 긴 속눈썹도, 분홍색 입술도, 어릴 때부터 변함없는 듯하지만, 어린 티가 사라진 지금은『아름다움』을 형성하는 한 부분이 되어 있었다. 그래도 순진한 느낌을 주는 표정이 그녀가 그저 예쁘기만 한 것이 아니라 풍부한 감정을 지닌 존재임을 주장했다.

순수하게 「예쁘다」고 생각했다.

그녀가 미소 지어주고 있다는 것에 행복감이 차올랐다.

자신이 『고른』 선택지가 틀리지 않았음을 확신했다.

“좋은 날씨야.”

“그러네.”

“갑자기 무슨 일이야? 무슨 일 있었어?”

“……역시 이상해?”

“그야 그렇지. 나는 줄곧 데일을 봐왔는걸.”

옆에서 데일을 올려다보는 라티나는 그렇게 말하고 웃었다.

데일도 어딘가 어색한 오늘 자신의 모습을 라티나가 눈치채지 못할 리가 없다는 것은 알고 있었지만 그것을 웃도는 민망함에 살짝 시선을 피했다.

“라티나, 이거 받아줘.”

“어?”

그 감정의 영향으로, 데일은 무뚝뚝할 정도의 태도로 작은 상자를 쑥 내밀었고 그것을 떠맡는 형태가 된 라티나는 깜짝 놀란 표정을 지었다.

눈을 깜박이면서 상자를 지그시 보더니 이상하다는 얼굴로 고개를 갸웃했다.

“내 생일은 아직 이른데?”

“그러네. 하지만 오늘은 『특별한 날』이잖아?”

"……응."

데일의 말에 라티나는 살며시 가슴을 눌렀다.

데일은 라티나의 그 반응을 보고 그녀도 오늘을 『특별한 날』로서 마음에 두고 있음에 안도했다.

9년 전 오늘, 데일과 라티나는 처음 만났다. 그 숲 속에서 모든 것이 시작된 날부터 딱 9년이 지났다.

"우리에게 특별한 날이야."

"그러네."

라티나는 그렇게 대답하고 아무런 장식도 되어 있지 않은 상자를 달칵 열었다. 눈으로 번쩍임이 날아들어 깜짝 놀랐다. 안에 담겨 있던 정교하게 세공된 보석 장식품은 상자의 겉모습만 봐서는 상상할 수도 없을 만큼 척 보기에도 아름답고 값비싼 물건이었다.

"괴, 굉장히…… 비싸 보이는 액세서리네?"

"왜 너는 그런 말을 하는 걸까……."

안절부절못하며 말한 라티나의 코멘트는 너무나도 착실한 그녀의 성격을 잘 나타내서 데일을 쓴웃음 짓게 했다.

"그런 건 신경 쓰지 말고 꺼내봐."

"응……."

재촉하여 내용물을 상자에서 꺼내게 했다. 약간 긴장하며 라티나가 상자 속에서 꺼낸 그 팔찌에 손을 얹어 그녀의 가느다란 손목에 스르륵 끼웠다.

"예뻐……."

“『마도구』야. 장신구로서의 의미 쪽이 강하긴 하지만.”

눈부시게 빛나는 팔찌의 보석은 꽃잎을 본떠 만개한 꽃을 만들고 있었다. 어느 각도에서 봐도 아름다운 꽃과 매끈한 과실 의장으로 가득했다.

“결혼하자.”

“어?”

“『아빠 대신』과 『수양딸』이 아닌 형태로…… 『가족』이 되자.”

“데일……?”

데일의 말에 팔찌를 보던 시선을 올려 그의 얼굴을 본 라티나는 멍해졌다. 깜짝 놀라서 감정을 전혀 읽을 수 없는 표정인 라티나를 보고 데일은 어색한지 이리저리 시선을 옮겼다.

그는 수많은 싸움으로 단련됐다고 알려진 일류 모험가지만 어떤 가혹한 전투 때도 느낀 적 없던 긴장감이 엄습했다.

“…….”

“라, 라티나……? 프, 프러포즈했는데 대답이 안 돌아오는 건 꽤 괴롭다만……?”

“……그치만, 하지만, 갑작스러워서…….”

잠긴 목소리는 떨리고 있었다.

“싫어……?”

“그렇지 않아…… 그렇지 않지만……! 하지만, 결혼이라니, 생각한 적도 없어서……!"

"나를 『좋아한다』고 말해줬는데 결혼은 생각한 적 없었던 건가……."

왠지 매우 그녀다웠지만 미묘한 기분이 들고 말았다.

"그치만, 나는 『마인족』이니까……! 아기, 만들 수 있을지, 알 수 없으니까."

"알아. 라티나의 아이라면 엄청 귀엽기는 하겠지만 나는 『아이를 원해서』 결혼하고 싶은 게 아니야."

장수종인 『마인족』의 출생률이 낮다는 것은 데일도 알고 있었다. 아이를 좋아하기에, 아이를 가질 수 없을지도 모른다는 것을 라티나가 고민하고 있다는 사실도 헤아리고 있었다.

"데일이 괜찮다고 말해줘도…… 데일의 가족은……."

"**이게** 대답이겠지."

그렇게 말하고 방금 라티나의 손목에 끼운 팔찌를 만졌다. 꽃과 과실이 공존하는 의장은 데일의 고향에서 전통적으로 특별한 의미를 지닌 문양이었다.

"아버지와 어머니한테는 『드디어.』라는 말을 들었고, 할멈은…… 『라티나를 놓치면 너 따위 평생 결혼 상대를 못 찾을 게다.』라고 했어."

일족이라는 계보를 중시하는 데일은 그녀와 결혼하겠다는 의사를 굳혔다고 고향에 있는 가족에게도 분명하게 전했다. 그것은 라티나와의 혼인을 많은 사람에게 인정받고 축하받고 싶었기 때문이기도 했다.

원래부터 그의 가족은 라티나를 마음에 들어 했기에 반대하리라고는 생각하지 않았지만, 대답과 함께 도착한 팔찌는 장신구 세공이 특기인 고향의 기술로도 간단히 만들 수 없는 섬세하고 수준 높은 세공이 되어 있었다. 데일이 보내달라고 의뢰하기는 했으나, 그가 말을 꺼내기 훨씬 전부터 준비되어 있었다는 것이 엿보이는 정교한 장식품이었다.

"할머니……."

라티나는 작게 중얼거리고 글썽거리는 눈으로 데일을 올려다 보았다.

"괜찮아? ……정말로, 나로 괜찮아?"

"나는 라티나가 좋아."

데일의 그 대답을 듣자마자 억누를 수 없게 되었는지 라티나의 회색 눈에서 굵은 눈물방울이 뚝뚝 흘러넘쳤다.

"어째서…… 데일은, 전부, 내 소원을 이루어주는 거야? 내가 『원하는 걸』 모두, 모두, 이루어주는 거야……?"

데일은 라티나가 흘린 눈물을 손끝으로 닦았지만 계속해서 새로운 눈물이 자꾸만 흘러내렸다.

"나…… 되고 싶었어. 줄곧…… 줄곧, 데일의 『특별한 여자』가 되고 싶었어……."

"……그래."

"데일을 좋아해, 데일과 쭉 함께 있고 싶어…… 데일에게 아무것도 돌려줄 수 없는 나지만, 앞으로도 데일 옆에 있게 해줘……."

"라티나가 『아무것도 돌려줄 수 없다』니, 그렇지 않아…… 내 곁에 있어주는 것만으로도…… 줄곧 나를 지탱해주고 있으니까…… 그러니까……."

쑥스러움과 부끄러움을 느끼더라도 나중에 말하지 않은 걸 후회하는 것보다는 훨씬 나았다.

"앞으로도, 내 곁에 있어줬으면 좋겠어."

데일이 그녀의 회색 눈동자를 똑바로 들여다보고서 말하니 라티나는 눈물에 젖은 얼굴로 만개한 꽃처럼 웃으며 대답했다.

"……네."

그대로 데일이 얼굴을 가까이 가져가자 라티나는 어색하게 눈을 내리떴다.

그저 맞닿을 뿐인 어린애 장난 같은 입맞춤인데도 귓불까지 새빨갛게 물들인 라티나에 이끌려 데일 역시 그 뺨을 붉게 물들였다.

†

줄곧 자신의 마음에 『거짓말』을 하고 있었다.

행복하기에, 지금껏 보려고 하지 않았던 그것을 깨닫고 말았다.

포기할 수 있다니 『거짓말』이다. 견딜 수 있다니 『거짓말』이다.

지금이 『행복의 절정』이라면— 남은 것은 겨우 손에 넣은 『행복』을 잃어가는 일뿐일지도 모른다.

잃어버린다면 자신은 어쩌면 좋을까. 어떻게 남은 시간을 보내면 좋을까.

『그녀』는 그렇게 중얼거리고— 눈앞에 있는 『의자』에 투명한 물방울을 흘렸다.

†

또 멍하니 있다.

데일은 걱정스럽다는 표정으로, 꿈속에 있는 듯한 라티나의 머리를 쓰다듬었다. 최근 라티나는 멍하니 있는 일이 많았는데 정식으로 결혼을 청한 이후로도 자주 이 상태가 되었다.

묘한 불안감이 엄습했다.

그녀의 건강에 관한 걱정뿐만이 아닌 불안이 떠나지 않았다. 자신의 근저에 있는 『무언가』가 경종을 울리고 있었다.

그렇기에 데일은 몇 번이고 그녀의 이름을 불렀다.

자신에게 돌아오라고 말하듯 그녀를 『불러들였다』.

"라티나."

"……데일?"

"그래. 나는…… 여기 있어."

그 대답에 힘없이 미소 지은 라티나의 얼굴이, 미아가 됐다가 돌아왔을 때 그녀가 보여주었던 우는 얼굴 같았기 때문일지도 모른다.

라티나의 손목에 끼워진 고가의 팔찌는 곧장 주위의 주목을 모았다.

일하는 중에 흠집 생기는 것을 걱정한 라티나는 처음엔 데일에게 선물 받은 그것을 잘 보관해두려고 했다. 하지만 그것은 데일이 거부했다. 그래서는 모처럼 늘 몸에 지닐 수 있는 장신구로 한 의미가 없었다.

단순한 액세서리가 아니라 『마도구』였다. 간단히 흠집이 나거나 망가질 일은 없었다.

"라티나가 이제 내 거라는 걸 확실하게 나타낼 필요가 있으니까."

그렇게 말하고 데일이 씩 웃자 그녀는 새빨갛게 뺨을 물들였다.

값비싼 팔찌(액세서리)이기에 의미가 있다는 것을 그때 라티나는 이해했다.

자신에게는 이렇게나 고가의 선물을 줄 수 있는 상대가 존재한다는 것과 그것을 몸에 착용함으로써 자신이 상대의 호의를 받아들였음을 주위에 알리는 게 되는 것이었다.

게다가 라티나의 경우 『상대』가 누구인지는 굳이 설명할 필요가 없는 사항이었다.

아무튼 라티나의 팔찌를 본 루돌프의 주량은 늘어났다.

그뿐만이 아니라 여러 젊은이 — 가끔 젊다고는 하기 힘든 연령도 포함하여 — 의 주량이 늘었다.

단골손님 아저씨들은 놀리면서 어느 때보다도 많은 술을 마셨다.

『춤추는 범고양이』의 매상에 대단히 공헌하며 전체적인 손님 단가가 상승했다.

정규 요금에 덧붙인 단골손님들의 축의금은 성실하게 그런 돈을 고사할 듯한 라티나를 피해 가게 주인 부부에게 전달되었다. 그런 일을 깔끔하게 해치울 정도로 단골손님들은 세상 물정에 익숙했다.

어릴 적부터 오로지 단 한 사람을 쫓았던 라티나의 연심은 그들 모두가 알고 있었다. 그것이 이루어진 것은 솔직하게 축복해주고 싶었다.

그런 생각을 하게 할 만큼 라티나는 행복한 모습이었다. 놀림 받을 때마다 부끄러워하며 뺨을 물들이고 때로는 입을 삐죽여 보였지만, 그 정도로는 억누를 수 없는 것처럼 표정에서, 동작 하나하나에서 행복하다는 것을 알아차릴 수 있었다.

안 그래도 아름다운 아가씨인데 내면에서 흘러넘치는 행복감이 그녀를 더욱 아름답게 보이도록 했다.

그런 라티나에게는 솔직하게 축하를 건네고 싶었다.

라티나에 한해서라면 그랬다.

하지만 그런 자신들이 사랑하는 『요정 공주』를 제 것으로 삼은 상대를 순순히 축복할 심경이 들지 않는 것은 어쩔 수 없을 것이다. 그녀의 『보호자』 필두는 데일 본인이기는 하지만, 부모와 유사한 마음을 품기에 충분할 만큼 아저씨들도 라티나를 지켜보았다.

"자, 마셔."

"잠……."

"됐으니까 마셔. 사양할 필요는 없어. 전부 우리가 사는 거야."

"잠깐…… 기다려, 왜 그렇게 도수 높은 것들만……."

"아? 설명해주길 원해? 친절하고 정성스럽게 설명해줄까?"

"아니…… 미안해."

그 결과, 데일은 여러 아저씨의 연계 파상 공격으로 뻗었다.

술에 약하지는 않았고 『해독 마법』으로 취기를 없앨 수도 있는 데일이 달갑게 그것을 받아들인 것은 그것이 일종의 축하임을 알기 때문이었다.

어설프게 마법을 썼다가 들키면 뒷일이 귀찮아진다는 이유도 있었다.

"으에엑…… 역시…… 취했어……."

"데일 괜찮아?"

그리고 그런 데일을 걱정하는 라티나와 선보인 뜨거운 모습에 주위의 못된 술주정도 가속했다.

그 뒤로도 라티나는 행복해 보였다.

데일에게 끌어안겨도, 입맞춤을 받아도, 불쌍할 만큼 부끄러워하는 모습조차 사랑스러워서 그의 장난기를 크게 자극했다.

그는 이날 이때까지 『보류』해뒀던 것에 대한 반동처럼 어린 『약혼자』에게 푹 빠져 애정을 퍼부었다.

주위 사람들은 살짝 짜증이 났다.

그리고 『애정을 퍼부었다』고 표현하면 지금까지와 그다지 다르지 않다는 것이 미묘한 기분을 들게 했다.

“라티나가 너무 예뻐서 일하러 가고 싶지 않아.”

“그 아이가 예쁜 건 알고 있어.”

어째선지 데일은 서류 작업 중인 리타에게 헤벌쭉하게 풀어진 얼굴로 보고할 때가 있었다. 『춤추는 범고양이』의 사무 작업을 도맡고 있는 리타는 『정위치』에서 일할 때가 많았다. 붙들고 이야기하기에는 딱 좋을지도 모른다.

하지만 매일같이 듣고 있는 리타 입장에서는 견딜 수가 없었다.

“예쁘단 말이지~! 정말로 라티나는 예뻐!”

“너의 애인 자랑을 내가 꼭 들어야 해?”

“꼭 안아주기만 해도 쑥스러워하고, 갑자기 키스라도 해주면 새빨개진단 말이야~ 『화났어?』라고 물으면 『화 안 났어.』 하고 엄청 귀여운 목소리로 대답해줘. 너무 귀여워서 『나 좋아해?』 하고 물어봤더니 『너무 좋아.』 하고, 부끄러운지 살짝 어린애 같은 발음으로 말하니까 나도 『너무너무 좋아해.』 하고 대답해보기도 해!”

“빈트! 빈트 없어?! 이 바보를 마음껏 해치워 버려도 돼!”

“지금 내게 무서운 건 없다고.”

하하하! 하고 데일이 크게 웃어 보이자 리타의 울화통이 소리 내어 펑 터질 듯한 상태가 되었다.

“아아…… 하지만 라티나의 『싫어.』는 무서워…… 라티나는 그런 소리 안 하지만 말이지!”

“라티나! 슬슬 이 정신 못 차리는 남자를 어떻게든 해줘!”

한계를 맞이한 리타가 주방 쪽으로 소리치자 라티나가 쭈뼛거리며 얼굴을 내밀었다.

“흐아아…… 리타…… 지금 데일한테 다가가면, 나…….”

가냘픈 목소리로 대답한 라티나는 끝까지 말할 수 없었다.

“라티나!”

“꺄아아아!”

순식간에 붙잡혔다.

일류 모험가이며 전사인 데일의 신체 능력은 일반인인 라티나가 반응할 수 있는 수준이 아니었다. 눈 깜짝할 사이에 무릎 위에 올려져 꽉 껴안겼다. 그저 끌어안고 있는 것처럼 보이는데도 저항은 커녕 만족스럽게 움직일 수조차 없이『구속』당했다.

수치심에 귓불까지 빨갛게 물들이면서 도움을 구하듯 허둥지둥 주위를 둘러보는 라티나에게 데일은 몇 번이고 입맞춤을 퍼부었다.

“데일, 데일! 부끄러우니까 그만해……!”

“부끄러워하는 라티나도 정말 귀여워…….”

안 되겠어, 이 녀석 자중할 생각이 없어!

리타의 눈이 빛을 잃었다. 포기의 경지에 이르렀다고도 할 수 있었다.

“……적어도 남들 눈이 없는 곳에서 닭털 날려줄래……?”

"리, 리타!"

"그럼 그렇게 할게."

훌쩍, 라티나를 거뜬히 안아 올리고 자기 방으로 향하는 데일의 품속에서 라티나는 반쯤 울먹이는 소리를 냈다.

그 등을 배웅하며, 두 사람의 관계가 지금 이상으로 **진전됐을** 때 그녀의 몸은 무사할 수 있을까 하는 생각에 리타는 어쩐지 미묘한 심정이 되었다.

'저 애…… 아기가 생기기 어려운 체질이라며 저 바보 쪽에서 막 나가는 거 아닐까…….'

『주황의 신(코르모제이)』은 풍작과 자손 번영을 관장하는 신. 데일은 그 신의 고위 『가호』를 가지고 있었다. 장수종인 『마인족』의 임신율이 낮다는 것조차 사소한 일이라며 뒤엎어 버릴 듯해서 무서웠다.

살짝 노골적으로 상상이 돼서 리타는 의도적으로 생각하기를 포기했다.

'……뭐, 라티나……『회복 마법』도 쓸 수 있으니까…….'

리타가 인생의 선배로서 『여동생』에게 해줄 수 있는 것은 마음속으로 조촐하게 성원을 보내는 일뿐이었다.

자신의 품속에서 라티나는 조금 전까지 부끄러워하며 몸을 비틀고 있었는데, 지금은 멍하니 꿈과 현실 사이를 헤매고 있었다.

팔에 꽉 힘을 준 채 그녀의 어깻죽지에 얼굴을 묻었다. 반응을 돌려주지 않는 그녀의 모습에 두려움과 닮은 불안을 느꼈다.

"……라티나!"

이름을 불렀을 때만 희미한 반응이 돌아왔다. 부예진 회색 눈을 천천히 움직여 다른 누구도 아닌 데일의 모습을 찾는 동작을 했다.

"데일……."

"……라티나."

눈꺼풀에, 뺨에, 몇 번이고 입을 맞췄다.

계속해서 반복하는 동안 눈동자에 힘이 돌아온 라티나가 목소리를 냈다.

"데일, 데일…… 간지러워……!"

항의하는 달콤한 목소리를 듣고 울고 싶어질 만큼 안도를 느꼈다. 그렇기에 그녀를 향한 입맞춤도 포옹도, 늦출 생각은 들지 않았다.

몇 번이나 물었다.

그때마다 그녀는 「몸 상태는 나쁘지 않다.」고 대답했다. 오히려 자신의 의식이 빈번히 혼탁해진다는 것조차 알아차리지 못하는 듯했다.

그녀는 똑똑하니까 기억이 누락되었다면 자신의 이상을 눈치챌 터였다. 하지만 『이상』조차 깨닫지 못했다. 그렇기에 더욱 무서웠다.

무언가 되돌릴 수 없는 일이 일어나 버릴 것 같았다.

그래서 잠시 품에서 떼어놓는 일조차 무서웠다.

“나는 너랑 함께 있으니까…….”

“……응? ……응.”

데일의 말에 이상하다는 얼굴로 갸웃하면서도 라티나는 기쁘게 미소 짓고 고개를 끄덕였다.

†

쫓기듯이 서두르듯이.

그녀의 마음과 몸이 성장하길 느긋하게 기다렸을 터인 데일이 정식으로 약혼하고 얼마 지나지 않아 그녀와 더욱 깊은 **연결**을 바란 것은 그런 불안에서 기인한 행동이었다.

어떤 수단을 쓰든 조금이라도 깊이, 조금이라도 그녀를 자신 곁에 붙들어 놓고 싶다고— 바랐기에 나온 행동이었다.

눈꺼풀만으로는, 뺨이나 입술만으로는 부족하다며 그녀의 구석구석까지 입을 맞춘 것도 자기 자신을 새기고 싶다고 바란 것도—.

그녀를 놓아주고 싶지 않다고, 함께 있고 싶다고 바라기에 한 행동이었다.

†

몇 번이나 내 이름을 불러주었다. 고향에서는 가족 말고 불러준 적조차 거의 없었던 자신의 이름은 분명 이제 가족보다도 그의 목소리로 훨씬 많이 들었을 것이다.

그 사랑하는 목소리가 평소와 다른 울림으로 귀에 닿았다.

「정말 아름다워.」 하고 평소와 다른 찬사를 들었다는 것조차 열기 띤 머리로는 제대로 이해할 수 없었다.

부끄러움과 당황과, 그것을 아득히 웃도는 극도의 행복감이 차올랐다.

후에 남은 온몸의 나른함은 행복을 나눈 결과였다.

옛날부터 소망했었다. 다른 누구도 아닌 그와 이렇게 되는 것을 소망했었다.

자신을 선택해줬다는 행복으로 가슴이 가득 찼다.

사랑받았다는 행운에 현기증이 나는 것처럼 어질어질했다.

행복했다.

평소보다 거리가 가까운 온기에 뺨을 가져가 자신에게 『안심』을 의미하는 향기에 빠졌다.

행복, 하기에—.

라티나는 그의 품속에서 뚝뚝 눈물을 흘렸다.

—정신이 드니 눈에 익은 『광경』 속에 있었다.

원형으로 늘어선 일곱 『옥좌』의 중앙, 정해진 『옥좌』 앞에 주저앉았다.

멈추지 않는 눈물을 계속해서 흘렸다.

어깨를 떨며, 오열하며, 흘러넘치는 눈물을 떨어뜨렸다.

다 억누를 수가 없었다.
행복하기에 잃고 싶지 않다고 생각하고 말았다.
잃어버리고 싶지 않다고 바라고 말았다.

자신이 단 한 가지 바라는 것. 그와, 사랑하는 사람과 함께 사는 것. 함께 있는 것.
자신의 긴 수명을 받아들였다니 『거짓말』이다. 언젠가 찾아올 그와의 이별을 받아들였다니 『거짓말』이었다.
잃어버리고 싶지 않았다. 그를 떠나보낸 뒤의 시간을, 혼자가 되어버린 뒤의 시간을 살아가다니 분명 불가능했다.

가느다란 손가락을 떨면서 앞으로 뻗었다.
섭리 밖 『옥좌』의 등받이에 닿아서 움찔하고 손을 거두어들였다.
하지만 알고 있었다.
알고 있기에 그녀는 다시 한 번 떨리는 손을 『옥좌』로 뻗었다.
『바라지 않겠다』고 맹세했을 터인 『힘』.
그래도 바라고 만 것은 그것이 자기 자신의 소원을 이룰 단 하나의 『힘』이기도 했기 때문이었다.

—「……플라티나.」—

일찍이 불린 적 있는 그리운 울림으로 『이름』을 불렀다.

"「미안해, 미안해…… 아니야, 아니야…… 하지만, 하지만, 나…… 널 해칠 생각은 없어…… 하지만…… 미안해, 미안해…… 새로운 『첫째 왕』…….」"

—「……그대에게는 짐의 이름을 허락한다. 나의…… 사랑하는 『백금의 공주』여.」—

흐느끼는 그녀를 위로하듯 상냥한 목소리가 돌아왔다. 그 목소리를 듣고 그녀는 **첫째** 『옥좌』로 시선을 돌렸다. 지금까지는 어렴풋하게 느낄 수밖에 없었던 첫째 『옥좌』에 앉은 존재의 환영이 확실하게 보였다.

"「……**크리소스**…… 나는…….」"

눈물에 젖은 회색 눈동자로, 이름대로 황금빛을 품은 존재를 올려다보았다.

—「사랑하는 『백금의 공주』여. 짐은 그대에게…….」—

이어진 자상한 목소리에 그녀는 몇 번이고 고개를 좌우로 흔들었다.

"나는…… 나는……."

울음소리가 울리는 『세계』의 하늘은 무수한 무지개로 덮여 있었다.

많은 이들이 고이 잠든 시간에 세계를 감싼 무지개는 달빛과 함께 조용히 반짝이고 있었다.

†

데일이 품속 온기에 위화감을 느낀 특별한 이유는 없었다. 굳이 말하자면 그것이 그가 지닌 『섭리』이기 때문이리라.

수런거리며 물결치는 불안. 그리고 불쾌감. 본능에 가까운 부분이 가장 사랑하는 존재를 부정했다.

"……라……티나?"

데일의 눈에 비친 그녀에게서 차이를 찾아낼 수는 없었다. 지금까지와 전혀 다르지 않았다. 그래도 『다르다』는 것을 알아차리고 말았다.

졸린지 평소보다 더 순진한 표정을 짓고 있는 점이나, 희고 부드러운 피부를 관능적으로 드러내 어젯밤을 연상시키는 모습을 보고도 표정을 부드럽게 풀지 못한 데일은 『변해버린』 그녀를 응시했다.

"……데일?"

목소리도 변함없었다. 이상하다는 얼굴로 고개를 갸웃하는 동작도 줄곧 봤던 그녀의 버릇이었다. 그녀가 변하지 않았기에, 데일은 울 것 같은 목소리를 짜냈다.

"……마왕."

그 단어를 듣고 그녀는 움찔하고 놀라며 아연실색한 표정을 지었다.

그 반응만으로도 데일은 자신이 **간파한** 것이 사실임을 확신하고 말았다.

"왜……? 왜 네가……『마왕』이?"

"어……째서…… 왜…… 데일, 알았……!"

덜덜 떠는 라티나를 신경 쓸 여유도, 지금의 데일에게는 없었다.

그래도 거부하는『본능』을 굴복시키고서 그녀를 끌어안을 수는 있었다.

『용사』라고 불리는 능력자는 여러『신』의『가호』를 가지고 있다.

데일이 지닌『가호』 중 하나는 그의 일족에게 있어 주신인『주황의 신(티스로우)』의 것. 그 신에게 데일은『대지와 관련된 마법에서의 수호』를 하사받았다. 싸우는 것이 일인 그의 생업을 지탱하는 커다란 힘이었다.

그리고 그에게는 또 하나,『파랑의 신(아즈락)』의『가호』가 있었다. 그 가호로 데일이 할 수 있는 일이야말로 라반드국이『마왕에 대항할 용사』로서 그를 우대한 힘이었다.

데일은『마왕』과 그『권속』을 간파했다.

본래『사람으로서의 섭리』를 벗어난 존재를 지각했다.

자신의 능력을 알고 있기에, 데일은 사실을 못 본 것으로 넘길 수는 없었다. 도피하여 알아차리지 못한 척할 수는 없었다.

자신은 분명 어렴풋이『무엇이 일어나려 하고 있는지』 눈치채고 있었던 것이다.

그래서 모습이 이상한 라티나를 『남색의 신』의 신전에 데려가려고 하지도 않고 그저 자신의 품속에 감췄다.

『그쪽』으로 가지 말아줘— 우매할 정도로 그저 『불러들이는 것』을 선택했다.

이유는 모른다.

왜 이 아가씨가 변하고 말았는지는 모른다.

"미…… 미안해, 미안해……!"

흐느끼면서 그저 사죄의 말을 되풀이하는 라티나를 데일은 끌어안았다.

『마왕에 대적하는 존재』인 데일은 본능적으로 『마왕』을 거부했다. 그래도 지금, 자신의 품속에 있는 것은 틀림없이 『라티나』였다.

어릴 때부터 줄곧 지켜보았던 라티나였다.

자신은 그녀와 함께 있겠다고 맹세했다. 그녀의 안식처로 있겠다고 맹세했다.

그렇다면 그녀가 그녀인 이상, 자신의 자세는 변하지 않는다.

그렇게 마음이 정해지고 각오가 서자 데일은 침착함을 되찾았다.

『마왕』이 뭐 어쨌다는 건가. 『마왕』이든 아니든, 라티나가 예쁘고 착한 아가씨이며 자신에게 있어 누구도 대신할 수 없는 소중한 여자아이라는 사실은 변함없지 않은가.

마왕이 되었어도 라티나는 라티나다.

거기까지 생각하자 현재, 어젯밤의 흔적이 남은 — 피부도 훤히 드러낸 흐트러진 모습의 — 라티나를 끌어안고 있다는 것이 떠올랐다.

지금 그것에 반응하는 것은 역시 사람으로서 하면 안 되는 짓이 아닐까 생각했다.

“울지 마…… 라티나.”

“나……! 나…… 미안해…… 미안해…….”

“화나지 않았으니까. 굳이 말하자면 걱정은 하고 있지만, 화난 건 아니니까. 울지 말아줘…….”

새삼 설명할 필요도 없을 만큼 데일은 라티나의 우는 얼굴에 매우 약했다.

계속 울고 있는 라티나를 보고 느끼는 죄책감은 엄청났다.

딱히 데일에게 잘못이 없다면 원래는 느낄 필요가 없는 죄책감이었으나, 그렇게 논리적으로 어떻게 할 수 없는 것이 감정이었다.

그 감정이 가리키는 대로, 데일은 제 생각을 품속의 라티나에게 말했다.

“네가『마왕』이 되어버린 건 깜짝 놀랐지만. 이제 그건 됐으니까.”

“흐아……?”

“『마왕』이 된 건, 이미 되어버렸으니 어쩔 수 없지.”

“어……? 어? 데일……?”

데일이 묻지도 않고 그렇게 단언할 줄은 몰랐던 라티나는 놀란 목소리를 냈다.

"라티나가 라티나라면 나는 그걸로 좋아."

정리를 끝낸 데일은 당당하게 잘라 말했다. 표정도 상쾌했다.

『마왕과 대적하는 존재』인 『용사』로서의 본능을 『우리(라티나) 딸 너무 좋아』라는 정체성이 상회한 순간이었다.

그의 정체성은 그쪽에 무게가 실려 있었다.

그는 『용사』이기 이전에 『우리 딸(전 딸바보) 최우선』이었다.

"그치만, 나…… 안 된다는 걸 알고 있었는데……."

"그래."

"바라면…… 안 된다고…… 그런데……."

"응."

끌어안은 채, 어릴 때부터 그랬던 것처럼 그저 다정하게 자신의 말을 들어주는 데일에게 라티나는 글썽거리는 눈을 보냈다.

"왜……? 왜, 화 안 내?"

"화낼 이유도 아직 모르고. 나는 라티나가 열심히 생각한 결과 『선택했다』면 분명한 이유가 있을 거라는 것도 알고 있어."

"데일……."

자상한 목소리를 듣자 눈물이 다시 흘러넘쳤다.

라티나는 데일에게 매달린 채 뜨문뜨문 자신의 마음을 호소했다.

데일은 그녀의 머리를 쓰다듬으며 그 목소리를 받아주었다.

"데일을 좋아해."

"그래."

"데일과 떨어지고 싶지 않아……!"

"응…… 그래."

"그래서, 그래서…… 『마왕』의 힘을, 바란 거야……!"

"으응?"

그 발언은 살짝 이해할 수 없었다.

데일은 지금 이때까지 추궁하지 않고 조용히 듣고 있었지만, 아무래도 설명이 필요한 부분이었다. 그래서 입을 열려고 했으나 그는 한 가지 중요한 사항을 깜박하고 있었다.

일상과 다른 사태가 엄습하든 말든, 역시 세계는 평소처럼 움직였다.

즉, 평상시라면 한참 전에 아래층으로 내려왔을 터인 라티나가 오지 않는 상황을 이상하게 여긴 케니스가 아래층에서 부른 것이다.

"라티나, 무슨 일 있어?"

거기서 두 사람은 얼음이 든 냉수를 뒤집어쓴 듯이 제정신으로 돌아왔다.

『마왕』 운운하기 전에 **지금 상태**를 보이는 것은 여러 가지로 안 좋았다.

데일은 둘째 치고, 라티나는 특히나 안 좋았다.

두 사람이 사는 다락방은 짐과 칸막이로 구분되어 있기는 하지만 벽으로 명확하게 막혀 있지는 않았다. 기본적으로 사적인 시간에 집주인 부부가 올라오는 일은 없으나, 일단 올라오면 여러모로 보이고 말았다.

라티나는 자신이 민망한 모습이라는 것을 마침내 떠올렸는지 순식간에 온몸을 수치의 색으로 물들였다.

아래쪽에서 발소리가 들린 순간, 데일이 반사적으로 외쳤다.

"케니스, 미안해! 늦잠 잤어, 늦잠!"

그런 데일 옆에서 라티나가 허둥지둥 옷을 갈아입기 시작했다. 너무 허둥대느라 한쪽 발에 휘감긴 잠옷에 발이 걸려 철퍼덕, 넘어졌다.

조금 전까지와는 다른 이유로 울상이 되었다.

―그 모습에 『마왕』다움이라고는 조금도 없었다.

'그보다…… 『마왕』이란 뭘까……?'

라티나에게 외관상의 변화는 전혀 없었다. 데일에게 『파랑의 신』의 가호가 있기에 간파한 것이지, 그녀를 보고 그것을 눈치챌 수 있는 자는 없을 것이다.

『마왕』이라고 뭉뚱그려 말하고는 있지만, 이를테면 『둘째 마왕』과 『넷째 마왕』은 가진 능력도 성질도 전혀 달랐다. 라티나가 어떤 마왕이 되었고 어떤 능력을 가지고 있는지는 데일도 알 수 없는 사항이었다.

그리고 그렇게 변해버린 그녀는―.

오늘도 평소처럼 산더미같이 쌓인 감자의 껍질을 벗기고 있었다.

데일은 냉정하게 상황을 생각해보려고 했으나 더더욱 혼돈에 빠졌을 뿐이었다.

자신의 상상력이 『양파 때문에 우는 마왕』에까지는 이르지 못했다. 현실은 소설보다 더 기이하다고 하지만 이런 『현실』과 마주하는 날이 올 줄은 생각도 못 했다.

응, 하지만 역시 라티나는 귀엽구나. 현실을 보려고 했더니 현실도피가 되어버렸다.

그렇게 데일은 혼란을 표출하면서도 생각에 잠겼다.

예전에 마인족 여성인 글라로스에게 들은 이야기로는 『마왕』이라는 존재 그 자체가 인간족과 적대하는 것도, 파괴와 살육의 화신인 것도 아니라고 했다.

로제가 『둘째 마왕』과 만났을 때 들은 이야기도 『마왕』이라서 다른 종족과 적대하는 것이 아니라 본인의 자질이 크게 관련되어 있다는 내용이었다.

그렇다면 라티나가 『변한 마왕』이 이른바 『재앙의 마왕』이라고는 생각할 수 없었다.

—그렇게 생각하는 사이 데일은 의문을 느꼈다. 손꼽아 헤아리고 고개를 갸우뚱했다.

"라티나가 된 『마왕』은…… 뭐지?"

세계 각지에 거점을 둔 『마왕』은 일곱 색깔 신이 정한 세계의 섭리대로 『일곱』일 터였다. 데일은 모든 마왕과 대립하지는 않았지만 일이 일이다 보니 이야기 정도는 모여드는 환경에 있었다.

저번에 라티나는 「새로운 『첫째 마왕』이 나타났다.」고 말했다.

그 말이 사실이라면— 현재 공석인 마왕은 존재하지 않을 터였다.

마인족 최대이며 유일한 국가 『바실리오』의 원수(元首)로서 마인족을 통솔하는 왕인 『첫째 마왕』.

로제가 조우했던 살육 애호가 『둘째 마왕』.

동쪽 땅에서 수린족과 공존하고 있다는 『셋째 마왕』.

병을 관장하는 존재이며, 그가 자리한 토지에서는 죽음에 이르는 병이 만연하여 나라조차 멸망시키려 하고 있다는 『넷째 마왕』.

「탑의 마왕」이라는 별명을 지녔으며, 거성인 탑 밖으로 나오지 않는다는 말까지 나도는 『다섯째 마왕』.

통상적인 마인족들보다 훨씬 뛰어난 체격을 지닌 자신들 일족을 권속— 마족으로 삼고 세계를 방랑하고 있다는 「거인 마왕」인 『여섯째 마왕』.

그리고 전란과 소란 그 자체를 추구하는 『일곱째 마왕』.

—모두 존재하고 있을 터였다.

『첫째 마왕』이 그랬던 것처럼 인간족이 모르는 곳에서 어딘가 공석이 된 것일까.

데일은 떠오른 의문의 답을 찾지 못한 채, 틀림없이 『새로운 마왕』인 그녀를 바라보았다.

역시 다시 봐도 라티나는 예뻤다.

어젯밤 어느 때보다 더 『예뻤던 모습』도 무심코 떠올려서 얼굴이

칠칠치 못하게 풀어졌다. 애교쟁이 그녀가 더욱 어리광 부리며 지금껏 들은 적 없었던 사랑스러운 목소리로 자신의 이름을 불러주었다. 이렇게나 긴 시간을 함께 보냈는데도 처음 보는 모습뿐이었다. 헤벌쭉거리고 마는 것도 어쩔 수 없었다.

마음을 다잡으려고 해봐도 한 번 풀어진 긴박감은, 새롭게 갱신된 애정을 아무리 퍼부어도 부족한 감정에 의해 박멸되었다.

그도 역시 평소와 똑같았다.

"……그래서, 하루 동안 생각해봤는데……."

"응……."

밤을 기다려 방에 단둘이 있게 되자 데일은 라티나와 마주 보고서 그렇게 말을 꺼냈다.

다른 이를 배제하고 마왕과 용사가 마주한다— 그 점만 빼놓고 보자면 한 편의 영웅담(사가) 같았지만, 현재 두 사람 사이에 감도는 공기는 미묘한 반성회 같은 분위기였다. 매우 이 두 사람다운 유감스런 느낌이었다.

"라티나는 라티나인 채인 거지?"

"……맞아. 『나』의 인격이나 사고방식이 바뀌어버린 건 아니야."

데일의 물음에 라티나가 대답해 가는 모습을 생각하면 심문이라는 양상을 나타내도 이상하지 않을 텐데, 이 두 사람 사이에 그런 긴장감은 존재하지 않았다. 좋게도 나쁘게도 친숙한 사이였다.

"『마왕』이 되는 건 네가 선택한 일인 거야?"

"……응."

그 질문에 대답한 라티나는 울 것 같은 얼굴이었다.

"안 된다는 건 알고 있었어. 『마왕이 되는 것』을 선택하면, 더는, 돌아갈 수 없어…… 『내』가…… 지금까지의 나와는 『다른 존재』가 되어버린다는 것도…… 알고 있었으니까……."

"곰곰이 생각한 일인 거야?"

"……응."

"그럼 됐어."

데일은 미소 짓고 라티나의 머리를 쓰다듬었다. 어릴 때부터 줄곧 그랬듯, 그녀의 아군임이 전해지면 좋겠다는 생각을 담아 그녀를 만졌다.

"데일……."

"라티나가 고른 길이라면 나는 그걸 덮어놓고 부정하지는 않아. 그러니까 분명하게 얘기해줘. 네가 그 『선택지』를 고른 이유…… 그리고 『마왕』에 관해."

"……응."

순순히 고개를 끄덕이고 라티나는 해야 할 말을 생각하기 시작했다.

"『신에게 선택받아 보호받는 자가 마왕이 된다.』 ……내가 바실리오에서 들었던 말이야……. 마왕은 있지, 신께서 내려주신 『운명』이 지켜주고 있어. 『마왕이 되고, 계속해서 마왕으로 있는』 운명에 의해 마왕은 온갖 것들로부터 보호받아."

"……알고 있어."

데일이 짧게 대답한 것은 그가 『대적하는 존재』인 『용사』이기 때문이었다.

어떤 영웅호걸이나 무술의 달인이더라도 마왕에게는 검도 마법도 도달하지 않았다.

그 『마왕이 가진 수호』를 없애는 것이 대적하는 존재인 『용사』의 능력이었다. 여러 가호를 지니고 있기에 『용사』인 것이 아니라, 신에게 부여받은 그 능력이야말로 대적하는 존재로 평가받는 이유이며 진가였다.

"『마왕』은 신께 그 능력의 일부를 부여받은 『사람에게서 태어나는 하위 신』이야."

라티나는 그렇게 말하고 회색 눈동자를 떨었다.

"그래서 누구도 마왕을 상처 입힐 수 없어. 사람으로서 찍는 마침표도 마왕을 없애지는 않아…… 마왕을 해할 수 있는 건 마찬가지로 『신의 힘을 지닌』 다른 마왕과 『뒤엎는 힘을 신에게 받은 자』뿐."

"……그것도 고향에서 들은 얘기야?"

라티나는 무엇을 이야기할지 고민하는 모습은 보였지만 이야기하는 말 자체에서는 망설임이 보이지 않았다. 추측이 아니라 사실을 말하는 그녀의 모습을 보고 데일은 의문을 입에 담았다.

"아니. 아니야. ……마왕은 세계의 『섭리』 그 자체이며, 세계의 운

영과 유지를 맡고 있는『일곱 색깔 신』께 세계를 움직일 권한을 부여받은 존재야…… 마왕이 되면 세계 근간의 일부를 아는 걸 허락받아.”

라티나는 그렇게 말하며 데일이 지각할 수 없는, 한 차원 옆이라고 해야 할『장소』에 있는 자신의『옥좌』를 보았다.

모든 만물까지는 안 되지만, 허가된 범위 안이라면 지금의 자신은 이 말단을 사용하여 다양한 것을 알 수 있었다. 마왕의 모든 힘이나 수많은 지식을 알 수 있다는 것도 이해하고 있었다.

지금 자신은『마왕』으로서 입구에 선 것에 불과했다. 한 번에 모든 정보를 건드리려고 한다면 이해하기 전에 대량의 정보 격류에 휩쓸려 버릴 것이다. 그렇기에 앞으로 조금씩 필요한 정보를『옥좌(여기)』에서 꺼내가야 했다.

아직 라티나는 자신의 힘에 관해서도 거의 모르는 초보자 마크가 붙은 마왕이었다.

“『마왕』의 능력 중 하나라고 생각해도 될까?”

“응.”

라티나가 수긍하는 것을 보고 데일은 마음에 안 드는 부분도 있었지만 일부는 납득했다.

마왕이 마왕으로서 힘을 떨칠 수 있는 것은 마왕이 됨과 동시에 그 존재 방식을 알 수 있기 때문이리라고 추측했다.

마왕의 힘이 어떤 것인지를 선배들이 지도할 수 있을 리도 없었다. 마왕이 다른 마왕을 가르치고 이끄는 것도 생각하기 어려웠다.

그렇다면 처음부터 그것을 가능하게 하는 시스템이 있을 것이다.

그것 역시 『신들』의 조화였다.

『마왕』을 만들어내는 것은 『세계의 규칙』 그 자체인 『신들』이다. 마왕도 이 세계 속에 있는 생명체 중 하나인 이상, 신들의 간섭을 무시하고서는 존재할 수 없었다.

"……왜 마왕이 존재하는 거야?"

"세계의 정체를 막기 위해…… 신은 규칙 그 자체니까 직접 『세계』…… 사회에는 간섭하지 않아. 그저 『세계』가 올바르게 있을 수 있도록, 정체하지 않도록 순환시키며 운영하는 것만을 맡고 있어. ……그러니까 사람의 가치관 속에서 세계를 휘저을 수 있는 존재를 정했어. 그게 『마왕』이야."

"재앙조차…… 정해져 있다는 거야?"

데일이 라반드국과의 계약으로 짊어졌던 일은 재앙의 마왕의 위협에 대항하는 것이 목적인 국가 방위를 위한 싸움이었다. 데일은 그것 때문에 마음이 꺾이는 일은 없었지만 괴롭지 않았던 것은 아니었다. 마왕만 존재하지 않았다면, 하고 생각한 적도 있었다. 그것이 『신들』이 정한 섭리임을 머리로는 이해해도 감정은 분노를 느끼고 말았다.

희미하게 가시 돋친 말투가 된 데일에게 라티나는 어디까지나 침착한 어조로 대답했다.

"그래서 신은 『대적하는 존재』도 정해놓고 있어."

라티나의 올곧은 눈길을 받자 데일의 감정은 다소 가라앉았다.

그녀에게 격분한 모습을 보여줘서 겁줄 수는 없다는 생각이 데일에게는 옛날부터 조건 반사적으로 뿌리박혀 있었다.

"마왕은 마인족에게서 태어나. 마인족에게서 태어나는 왕이니까 『마왕』. 마왕을 낳는 사람이니까 『마인족』. ……그리고 다른 인족에게서는 『용사』가 태어나. 마왕을 **지키는 운명**을 뒤엎고, 신의 깊은 총애를 지닌 자로서…… 『마왕을 세계에서 제거하는 힘』도 신께서 정한 존재니까."

"혁명가……."

그것도 예전에 들은 적 있는 단어였다. 용사의 능력— 마왕을 상대할 수 있는 힘이 바로 그것을 가리킬 것이다.

"……하지만 왜…… 마왕이 되길 선택한 거야?"

게다가 그것이 『자신』 탓이라니 어떻게 된 거냐고 데일이 묻자 라티나는 난처한 표정을 짓고서 시선을 내렸다.

이윽고 입을 연 라티나는 어쩐지 혼난 뒤처럼 시무룩한 얼굴이었다.

"사실은…… 데일한테 들킬 줄 몰랐어. 그래서 훨씬 나중에…… 마음의 준비가 되면 얘기하려고 했어."

초보 『마왕』인 라티나에게도 현재 상황은 여러모로 마음의 준비조차 되지 않은 급전개였다.

데일도 매우 동요했지만 라티나의 동요에는 비할 바가 아니었다. 데일의 능력을 모르는 라티나에게, 『간파당한다』는 것은 전혀 예상 밖의 일이었다. 마왕이 된 것을 어째서 데일이 눈치챘는지 그녀는 도무지 이유를 알 수 없었으나 그런 생각을 할 겨를도 없었다. 그

만큼 마음의 여유가 없었다.

“나는 『마왕』이지만 『섭리 밖의 마왕』이니까…… 힘다운 힘은 거의 가지고 있지 않아…… 하지만 모든 마왕이 지닌…… 마왕에게만 허락된 『능력』이 있어…….”

그리고 그녀는 천천히 말했다.

“마왕은 자신의 권속을 만들 수 있어.”

『마족』.

마왕을 따르는 마왕의 권속. 온갖 종족에서 — 사람뿐만이 아니라 지혜 있는 존재라면 환수나 아인 등을 포함한 어떤 종족에서도 — 『태어나는』 존재.

『원래 종족』과 외관상의 차이는 없음에도 불구하고 비교가 안 될 만한 강대한 힘을 가진 존재였다.

“그건…….”

라티나는 거기서 다시 머뭇거렸다.

데일은 재촉하듯 그녀의 머리를 살며시 쓰다듬었다. 그 다정한 손바닥의 열기에 라티나는 울 것 같은 얼굴이 되어 글썽거리는 눈으로 데일을 올려다보았다.

“그건 내 소원을 이룰 수 있는…… 유일한 가능성이었어.”

“너의…… 소원?”

라티나는 데일의 옷을 꽉 움켜쥐었다. 어릴 때부터 했던 그녀의 버릇을 보고 데일은 그녀의 불안을 감지했다.

"마족은…… 마족이라면……『정해진 시간』이라는 섭리를 바꿀 수 있어…… 그러니까…… 그러니까 나는…… 안 된다는 걸 알고 있었는데…… 그런데…… 미안해, 미안해……."

뚝뚝 눈물을 흘리며 라티나는 다시 사죄의 말을 되풀이했다.

데일은 작게 탄식하고 그녀를 끌어안았다.

"……그게……『내가 이유』인 까닭인가……."

데일도 라티나가 줄곧『마인족』인 자기 자신과『인간족』인 그의『수명(시간) 차이』때문에 고민한다는 것을 알고 있었다.

하지만 그것은 어떻게 할 수도 없는 일이었으니까 — 언젠가 찾아올 그때까지, 그리고 그 후의 시간에 의탁하여 — 흐르는 시간에 맡길 수밖에 없다고 생각했었다.

포기할 수밖에 없는 일이었으니까.

하지만 라티나는 포기하지 않아도 되는 방법을 마주하게 되었다.

반드시 찾아올 영원한 이별을, 고독을, 절대적인 것으로 만들지 않아도 될 방법을 발견하고 말았다.

줄곧 갈망하던 그 유일한 가능성을 앞에 두고, 그녀는 마침내 얻은 행복을 이대로 잃고 싶지 않다고 바라고 말았다.

원래 종족의 능력을 아득히 뛰어넘는『마족』은 그 수명조차 본디 가진 것과 달라진다. 주인인 마왕을 수행할 수 있는 시간을 부여받는다.

『마족』이 되면 원래 『인간족』이더라도 『마왕(주인)』과 똑같은 시간을 살아갈 수 있었다.

"나 때문에……."

그렇게 입을 뗀 데일은 중간에 고개를 저었다.

"나를 **위해** 『마왕』이 된 거구나."

"나……! 미안해, 데일…… 미안해……."

"사과하지 않아도 돼. 사과하지 않아도 괜찮아……."

그렇게 말하고 라티나를 단단히 끌어안았다. 요동치는 마음속에서 말을 찾았다.

"라티나는…… 나를 『권속』으로 삼고 싶은 거지……?"

"읏!"

데일의 그 말에 어째선지 그녀는 눈을 크게 떴다.

"라티나……?"

휘휘 고개를 흔드는 라티나를 보고 데일은 깜짝 놀란 얼굴이 되었다.

"데일한테 『인간족이 아닌 것』이 되라고는 할 수 없어. 『섭리에서 벗어난 것』이 되라고는…… 할 수 없어……."

"……."

"『가능성』을 완전히 부정할 수 없어서, 약한 나는 손을 뻗어버렸지만…… 그렇다고 사랑하는 데일을…… 내가 『다른 것』으로 만들다니…… 불가능해."

그녀의 그 대답을 듣자 왠지 웃음이 나왔다.

있어야 할 곳에 『답』이 딱 맞춰진 감각이 들었다.

다시 한 번 그녀를 힘껏 끌어안았다. 부드러운 백금색 머리카락에 얼굴을 묻고 달콤한 향기를 느꼈다.

"……데일?"

"라티나는 라티나구나."

바뀌지 않았다. 그녀는 자신의 소중한 그녀인 채였다.

그렇다면 자신도 『자신』인 채로 바뀌는 일은 없을 것이다.

"좋아."

"……어?"

"나를 라티나의 권속으로…… 『마족』으로 삼아도 상관없어."

자연스럽게 미소 지을 수 있었다. 만들어낸 웃음이 아니라, 진심으로 그렇게 할 수가 있었다.

"나도 라티나를 『외톨이』로 만들고 싶지는 않아."

그렇다면 『그것』은 자신에게도 움켜잡아야 할 『선택지』이리라.

"아…… 안 돼…… 데일!"

"왜?"

"그치만…… 그치만……."

이렇게 간단히 『인간(사람)을 그만두겠다.』는 말을 들은 라티나 쪽이 새파래졌다. 어쩔 줄 모르며 데일을 설득하려고 했다.

원래대로라면 입장이 반대이지 않을까 생각하니 데일은 더욱 웃음이 터져 나올 것 같았다. 그 힘을 원해서 바라고 만 후에도 그녀는 자신을 배려해주고 있었다. 이렇게 상냥한 그녀가— 자신은 정말로 소중했다.

"나는 라티나와 같은 시간을 살고 싶어."

그렇기에 데일은 스스로 소원해 보였다.

"내가 좋다고 라티나가 말해주는 만큼…… 나도 라티나가 소중해."

데일의 그 말을 듣고 라티나의 회색 눈에서 억누를 수 없게 된 눈물이 흘러넘쳤다. 데일에게 매달려 소리 높여 흐느꼈다.

상냥한 말에. 용서받았다는 것에. 그리고 『소원』이 이루어진 기쁨에.

"데일만, 데일만 있으면 돼."

새로운 『마왕』이 된 그녀는 그렇게 말하고 울면서 미소 지었다.

그녀에게 소중한 사람은 많다. 그래도 그 모든 사람과 줄곧 함께 있을 수 있다고는 생각하지 않았다. 그것을 바라지는 않았다.

『마왕』이 신과 비슷한 힘을 가지고 있어도 만능은 아니었다.

그렇기에 그녀는 그만을 원했다.

잃고 싶지 않은 가장 사랑하는 존재에게 함께 있어달라고 소원했다.

"약속했잖아? 나의 마지막 때까지 함께 있자고. 그러니까 이것도 전부 약속에 포함되는 일이야."

"미안해……."

"사과하지 않아도 돼. 내가 선택한 거니까."

"……고마워, 데일."

라티나는 살며시 손을 뻗었다.

자신보다도 큰 그의 손을 잡았다.

그것을 뺨에 가져와 눈을 감았다.

어떻게 하면 되는지는 알고 있었다. 아직 자신은 『마왕』의 힘을 거의 이해하지 못했지만 이 『능력』만큼은 가지고 싶어서 바라고 만 것이니까.

이 손은 자신을 구해준 손이었다.

그때 그가 내밀어 준 이 손이 자신의 생명도, 마음도 구해주었다.

"내게 가장 큰 행운은 데일에게 구원받은 거야."

그때 그와 만나지 않았다면. 그때 만난 것이 그가 아닌 다른 누군가였다면— 지금의 자신은 없었다.

지금 행복하다고 말할 수 있는 것은 전부 그때 그와 만났으니까. 자신의 행복은 모두 그가 준 것이었다.

따뜻한 손바닥 감촉이 자신을 몇 번이나 구해주었다.

손을 잡고 걸음을 걸었던 모든 일이 소중한 추억이 되었다.

그러니까 그곳에.

—자신과 그를『연결하는』상징인 그곳에.

여덟, 혹은 영의 숫자가 붙는『섭리 밖의 마왕』인 그녀는—.

자신의 권속으로서 가지는 새로운『이름』을—『마족』으로서의 이름을 새겼다.

†

데일은 자신의 왼손을 눈앞에 들었다. 움켜쥐었다가 폈다.

그 행동을 몇 번 반복한 후, 그는 체내에 순환하는 마력을 그곳에 집중했다.

희미하게 일렁이는 문자열이 손등에 떠올랐다. 그것은 그가 읽을 수 없는 어구였다.

"마인족의 말은 주문 언어이기도 할 만큼 마력과의 친화성이 높아."

데일의 시선을 알아차린 라티나가 입을 열어 설명했다.

"그래서『새기는 문자』도 마인족의 말이구나……."

데일은 마법을 쓸 수 있지만 마인족이 모어로 쓰는 글자를 읽지는 못했다. 마인족과 인간족은 표면적인 교류가 없기에 문화 등을 알 기회는 없었다.

"원래는 데일의 이름을 새기면 좋았을 테지만……."

"뭐, 됐어. 너에게 있어『소중한 이름』을 받았는걸. 문제없어."

그렇게 말하고 데일은 오른손으로 그녀를 쓱쓱 쓰다듬었다.

데일은 오른손잡이였다. 그렇기에 그가 라티나에게 내미는 손은 왼손일 때가 많았다. 갑작스러운 사태가 일어났을 때, 지켜야 할 존재를 옆에 두고 주로 쓰는 손을 움직이지 못한다면 목숨이 위태롭다는 위기관리 의식 때문이었다.

"……정말로, 놀라우리만큼 『자아』에 변화가 없네……."

데일이 그렇게 중얼거린 것은 자신 속에 지금까지의 자신에게는 없었던 『힘』이 소용돌이치는 감각이 있지만, 그것 외의 부분에서는 지금까지의 자신과 차이가 느껴지지 않았기 때문이었다.

새롭게 얻은 그 『힘』도 제어하지 못하는 종류는 아닌 것 같았다. 원래부터 우수한 마법사이며 고위 가호를 지닌 데일은 『큰 힘을 제어하는 기술』이 뛰어났다. 얻은 힘이 강대하더라도 휘두릴 생각은 없었다.

"데일의 자아에는 간섭하고 있지 않은걸."

라티나는 작게 입을 삐죽이고 항의했다.

그것을 주의 깊게 들은 데일은 자세히 물었다.

"……간섭할 수도 있어?"

"정신적으로 거역할 수 없게 지배할 수도 있어. 자신의 권속을 노예처럼 부리는 마왕은 다들 그래. ……다른 마왕도 『제한』은 걸고 있을 거야."

"제한?"

"마족들이 자신의 주인인 마왕을…… 새로 얻은 힘으로 죽일 수 없도록."

"아아…… 그렇군."

아무리 충성을 맹세했더라도 변심하지 않으리라고는 단정할 수 없었다. 방심한 틈에 죽을지도 모른다는 위험을 피하고 싶다고 생각하는 것은 당연한 감각이었다. 『마족』이 되어 얻을 수 있는 강대한 힘에 대한 대가도 필요할 것이다.

"하지만 데일한테는 안 했어."

"뭐?"

『제한』을 거는 의미를 이해하고 있기에 데일은 라티나의 말에 어안이 벙벙해졌다.

"왜?"

"내가 데일에게 바라는 건 내가 『나쁜 짓』을 했을 때 말려주는 존재로 있는 거니까."

그것은 신뢰가 담긴 말이었다.

만약 자신의 『마음』이 변해버린다면— 데일은 떠오른 의문을 삼켰다. 하지만 똑똑한 그녀는 데일의 갈등조차 알아차렸다.

"나는 내가 사랑하는 데일을, 나 자신이 바꿔버리고 싶지 않아.

『지배』해버리면 나는 언젠가 데일을 바꾸고 말지도 몰라. 나만을 봐달라고…… 나만의 데일로 있어달라고…… 바랄지도 몰라.

하지만 그건 싫어.

나는 내가 사랑하는 데일을, 데일이 아닌 존재(사람)로는 만들고 싶지 않아.

그러니까 데일은 데일인 채로 좋아.

……언젠가 데일이 나를 싫어하게 되더라도, 그게 데일이 선택한 거라면 나는 분명하게 받아들일 테니까."

"이런 말을 하는 라티나를…… 배신할 수 있을 리가 없지……."

뭐랄까, 갸륵하고 너무 예뻤다.

좀 더 자신이 행복해지기를 원해도 되는데, 왜 이 아가씨는 자신을 뒷전으로 미뤄버리는 것일까. 이렇게 본성이 상냥한 아가씨이기에 자신은 그녀를 내버려 둘 수 없었고 누구보다도 행복해지길 바라는 것이었다.

『그녀가 그녀인 채』로 있다면, 그대로 옆에 있어준다면, 분명 자신도 자신인 채로 있을 수 있으리라.

꽉 끌어안고 이마에 키스했다. 한 번이나 두 번으로는 부족했다.

"……스마라그디."

데일은 끌어안고 있는 라티나를 해방하지 않은 채 자신의 왼쪽 손등에 적힌 글자로 다시 시선을 돌렸다.

중얼거린 것은 라티나의 친부 이름이며 『마족으로서의 자신』에게 새겨진 『이름』이었다.

마왕은 자신의 권속에게 『이름』을 새긴다. 그것이 바로 마왕의 마력을 받아 마족이 된 증거였으며 마왕에게 지배당하고 있다는 증거였다.

그 사실은 알고 있었지만 자신에게 그것이 새겨지는 날이 올 줄은 몰랐다.

라티나가 『스마라그디』라는 아빠의 이름을 사용한 이유는 그녀가 아는 『마인족 문자』 중에서 이름에 해당하는 것이 자신의 이름과 그것뿐이었기 때문이다.

라티나가 죄인이 되어 고향에서 추방당한 것은 그녀가 글자를 배우기 전인 어린 시절이었다. 그녀가 유일하게 가지고 있던 팔찌 뒷면에 새겨진, 아빠가 보내는 축복의 문구만이 그녀가 아는 고향 글자의 전부였다.

마왕이 됐다고 해서 세계의 만물을 알 수는 없었다. 그리고 라티나 자신에게도 그럴 마음은 없었다. 자신의 힘조차, 능력조차 이해하고 있다고는 말하기 어려웠다. 마왕이 된 주요 목적을 달성해버린 이상, 모르는 것은 모르는 채였다.

어쩐지 그렇게 살짝 얼빠진 마이페이스도 매우 그녀답다고 데일은 생각했다.

"나를 『스마라그디』라고 부르는 거야?"

"아니, 안 부를 거야. 다만 마족이나 높은 마력을 가진 사람은 글자를 읽을 수 있을 테니까…… 그렇게 불릴 때가 있을지도 몰라."

"그렇구나."

마력을 보내길 멈추자 『문자』가 모습을 감췄다.

"이거 무의식중에 나오기도 해?"

"……정신적인 부분도 영향을 줄지도 몰라."

"애매하네."

조금 전부터 그녀의 대답은 어쩐지 전부 믿음직스럽지 못했다.

어느 『마왕』이나 초보자 단계 때는 이런 느낌일까. 위엄이라고는 조금도 없다만. 아니면 마왕은 위엄과 위압감을 갖춘 존재라는 발상 자체가 인간족의 편견일까.

그런 생각을 하는 데일은 마왕이 어쨌든 『신 같은 존재』라는 사실을 깨끗하게 잊어가고 있었다.

라티나는 너무나도 라티나인 채였다.

"……보통은 사라지는 일도 없을지도 몰라."

"그래?"

"그건 『지배』의 증거이기도 하니까…… 데일은 『주인』인 내 영향은 받지만 『지배』는 받고 있지 않고."

"……그런가."

아무튼 이 아가씨는 『평범하지 않은 일』을 하고 있는 모양이었다.

뭐, 새삼 놀랄 일은 아니었다. 이 아가씨는 어릴 때부터 자신을 비롯한 어른들의 예상을 아득히 뛰어넘는 행동을 해왔었다.

그렇게 생각하니 『마왕이 됐다』는 것도 예상할 수 있는 범위 내일지도 몰랐다.

—하고 생각하는 데일도 여러 해 라티나와 지내면서 여러모로 감각이 어긋나 있었다. 원래부터 데일 자신의 가정 환경도 『상식 밖』인 부분이 많았기에 근본적인 가치관이 세상 일반에서 벗어나 있었다.

'그건 그렇고…… 평범하게 『마족』이 되어버리는구나…….'

그렇게 독백한 것은 데일이 본래 지닌 『능력』 때문이었다.

딱히 후회할 생각도, 잘못된 일을 했다는 생각도 없지만 역시 무작정 결단한 부분은 있었다.

그중 으뜸가는 것이 『마왕에게 대적하는 존재』인 자신이 『마왕의 권속』이 될 수 있는가 없는가 하는 부분이었다.

마왕의 힘을 받아들이지 못할 가능성이나 데일 자신의 몸이 위험해질 가능성이 떠올랐었다.

데일이 그것을 함구한 것은 그가 위험해질지도 모른다는 사실을 라티나가 알면 그녀는 결코 실행으로 옮기지 않으리라는 확신이 있었기 때문이었다.

아무리 간절하게 바란 일이었더라도 그녀는 자신의 마음보다 데일의 안전을 걱정하고 말았다. 이기적이 되어야 할 장면에서도 그녀는 그 다정함 때문에 주위를 우선하고 말았다. 그런 그녀를 잘 아는 데일은, 그렇기에 그녀의 마음을 위해 위험을 받아들이자고 결단했다.

결과적으로 그것은 기우로 끝났다.

데일이 예상했던 것보다도 마왕으로서 그녀가 지닌 힘에 의한 간섭은 불쾌하지 않았다. 처음에 느꼈던 『마왕』에 대한 거부 반응도 그것이 라티나라고 의식하고 떨쳐냈을 때부터 희미해진 상태였다.

틀림없이 그녀는 『마왕』이지만 그 이상으로 『그녀다웠다』.

데일도 제대로 설명은 할 수 없었으나 『그녀라는 마왕』을 **자신의 근본**은 너그럽게 허용하고 있는 기분이었다.

뭐, 라티나니까 어쩔 수 없지. 데일은 그렇게도 생각했다.

그렇게 단언해버릴 수 있을 만큼 자신의 마음은 그녀와 함께 있기를 바라고 있었다.

'뭐라고 말해야 할지가 문제네…….'

고향에 있는 가족에게는 전말을 전해야 했다. 수명이 바뀐 이상, 끝까지 주위를 속일 수도 없었다. 공작 각하 쪽에도 알리게 되겠지만, 먼저 일족의 당주인 할머니의 판단을 기다려야 할 것이다.

"뭐, 어떻게든 되겠지."

『그녀를 택하겠다』고 결정하기까지 자신은 많이 고민했고 때로는 도망쳐 보기도 했다. 결정한 이상, 이제 자신은 흔들리지 않는다.

그 생각을 잊지 않는다면, 그 생각을 지탱해주는 라티나를 위해서라면, 분명 자신은 뭐든 가능할 터였다.

지금의 자신은 앞날을 알 수 없기에, 평생 변심하지 않겠다고 잘라 말할 수는 없었다.

그래도 이 『선택』은 스스로 바란 것이었다. 다른 사람 탓으로 돌리지는 않을 것이다.

—그리고 사실은 자신도 남겨두고 떠나는 것을 두려워하고 있었다.

예쁘고 소중한 라티나. 인간족인 자신의 수명보다도 아득히 긴 시간을 가진 그녀. 자신은 언젠가 그녀에게 「나는 잊어버리고 다른 녀석에게 가도 돼.」라고 말해야 할 날이 올 것이다.

마지막 순간에 멋있는 척을 하고 싶다면 그렇게 말해야 했다.

그녀를 사랑한다면 그렇게 허락해줘야 했다.

하지만 말하고 싶지 않았다. 그녀가 『자신이 아닌 누군가』의 품속에서 행복하게 미소 짓는다니— 용서할 수 있을 리가 없었다.

이기적인 생각이다. 그래서 그런 생각을 입 밖으로 꺼낼 마음은 없었다.

그렇기에 그런 생각을 가진 자신에게도— 그녀라는 『마왕』이 내민 『선택』은 『자신의 소원을 이루어주는 가능성』이었다.

데일은 그렇게 결론짓고 자신의 품속에 있는 라티나를 바라보았다. 데일의 시선을 알아차린 라티나가 부드럽게 미소 지었다.

어릴 때부터 변함없는 라티나의 미소. 웃는 모습은 변하지 않았을 텐데 어느새 성인 여성으로서의 색이 거기에 더해져 있었다.

이 미소를 지키는 존재로 있고 싶다고 생각하면서 데일은 그녀의 입술에 자신의 입술을 포개고자 얼굴을 숙였다.

†

세계 안에 있으면서 『세계』의 어디도 아닌 장소.

원을 그리는 형태로 『옥좌』가 늘어선, 모든 빛과(흑백) 모든 색으로 만들어진 그 『장소』에서 어떤 『옥좌』에 기척이 차올랐다.

그 기척은 『섭리』에서 벗어난 존재를 의미하는 중앙의 『옥좌』를 보았다.

—『여덟째 마왕.』—

진정한 의미에서 목소리라고는 할 수 없는 『기척』의 사고가 중얼거리는 형태로 흘러나왔다.

—『섭리의 마왕』을 억제하기 위해 태어난, 신이 정한 존재. 마왕이며 마왕이 아닌 『섭리 밖의 마왕.』—

그 『목소리』는 감정이 담기는 일 없이 담담하게 이어졌지만 그래도 결코 우호적이지는 않았다.

『기척』은 그 후 침묵하며 중앙의 『옥좌』를 보고 있었으나 이윽고 그 자리에서 희미해졌다.

그 뒤에는 침묵만이 남았다.

그리고 자신.
형과 백금의 아가씨와
청년의 동생,

『티스로우』라고 불리는 일족이 사는 땅은 라반드국 변두리에 있다. 지도상의 위치 관계만 보면 변경이라고 할 정도는 아니지만, 산들이 주위를 에워싼 탓에 갈 수 있는 길이 한정되어 있어서 지리적인 중요도는 낮은 장소였다. 그런 반면 『주황의 신』의 힘이 충만한 은총 깊은 장소였기에 『주황의 신』을 신봉하는 자에게는 결코 멸시할 수 없는 특별한 곳이었다. 그 땅을 지키는 그들 일족에게 보내는 경의도 마찬가지였다. 양질의 마도구 제작지라는 점에서 경제적으로도 중요도가 높았다.

그렇게 한마디로 표현하기에는 미묘한 정세를 품은 이 땅과 일족을 통솔하는 당주 가문 저택의 거실에서, 현 당주인 할머니와 당주 대행으로서 많은 일을 지휘하고 있는 아버지를 앞에 두고 요르크는 얼빠진 목소리를 냈다.

"뭐?"

"아직이다, 아직이다, 생각은 했지만 그 녀석도 겨우 결단을 내렸군."

"흠."

그런 요르크를 내버려 두고서 할머니 벤델가르드와 아버지 랜돌프는 편지 한 통을 앞에 두고 온화하게 대화를 이어 갔다.

"하지만 말한 대로 됐지?"

"결국은 데일이 함락된 건가. 그 아가씨는 올곧고 성격 좋은 아이였으니 말이야……."

"어…… 잠깐……."

"왜 그래? 요르크."

"……왜 아버지도 할머니도 그렇게 태연한 거야?"

멍한 모습을 숨기지 못하는 둘째 아들을 본 랜돌프는 반대로 뭘 그렇게 당황하는 거냐는 태도로 여유롭게 대답했다.

"그 아가씨가 여기 왔을 때부터 어렴풋이 이렇게 될 줄은 알았잖아?"

"아니, 모른다고."

세 사람 앞에 있는 것은 데일이 크로이츠에서 보낸 편지였다.

늘 보내는 보고서와는 형식을 달리하여 사적인 편지임을 강조한 그것에는 라티나와 결혼하기로 했다는 것, 그리고 그것을 허가해줬으면 좋겠다는 취지가 적혀 있었다.

현재는 데일이 『춤추는 범고양이』 사람들에게 라티나와 결혼하기로 마음먹었다고 말하기 훨씬 이전이었다. 데일은 먼저 고향에서부터 결혼을 위한 사전 준비를 끝낸 것이었다.

예상대로라며 태연한 모습인 할머니와 아버지 앞에서 요르크는 다시 형의 편지로 시선을 떨어뜨렸다. 몇 번을 다시 봐도 똑같은 내용이 적혀 있었다.

“……그 애가 여기 왔을 때라니…… 그렇게나 작은 어린애였잖아…….”

형의 발치에서 바쁘게 쪼르르 움직이던 어린 소녀가 떠올랐다.

높이 묶어 올린 백금색 머리카락을 리본과 함께 흔들며 작은 동물처럼 부지런히 돌아다니던, 표정이 다양한 소녀였다. 사랑스러운 아이라고는 생각했지만 그 이상은 아니었다. 형인 데일과 자신은 나이도 그리 차이 나지 않으니 그녀에게 품는 감정도 그렇게 변화가 있을 거라고는 생각할 수 없었다.

대상이 아니었다. 무엇이라고는 구체적으로 말하지 않겠지만 **그런 기분**이 들 턱이 없었다.

형인 데일이 만약 실시간으로 동생의 사고를 알 수 있었다면 무슨 수를 써서라도 시정해주겠다며 결의할 만한 생각을 하는 요르크 앞에서, 할머니와 아버지는 다시 앞으로의 일을 이야기하기 시작했다.

“결혼을 청하기에 딱 좋은 장식품이라도 보내달라는 것 같은데…… 그것도 어머니의 예상대로 됐네.”

데일은 물론이고 데일의 가족도 라티나에게 지참금을 요구할 생각은 없었다. 하지만 그녀가 지참금에 상당할 만한 저축금을 가진 착실한 아가씨라는 사실을, 함께 사는 데일은 잘 알고 있었다.

“그 바보한테는 아까운 아가씨야. 그런데 급하게 만든 물건을 선물하게 할 수는 없지.”

그렇게 말한 벤 할멈이 일족의 장인에게 정교한 보석 세공 마도구 장신구를 의뢰한 것은 데일이 라티나를 데리고 귀향했던 직후였다. 누구나 성급하다고 쓰게 웃을 만한 벤 할멈의 행동이었으나, 티스로우에서 전통적으로 혼인을 의미하는 과실과 꽃이 공존하는 의장이라는 것 외에는 큰 제약을 두지 않고, 기간조차 여유로운 그 의뢰는 장인들이 새로운 궁리와 발상을 마음껏 시도할 수 있는 자유로운 탐구의 장이 되었다.

그 결과, 티스로우 신구 기술의 정수를 모았다고 해도 좋을 만한 아름다운 팔찌가 완성되었다. 새로운 궁리를 시도했기에 생기는 거친 느낌조차 싱그럽게 싹튼 새잎과도 닮은 약동감을 주었다. 세련된 기술에는 없는 미완성의 아름다움 역시 공존하고 있었다. 아무리 많은 돈이 있어도 똑같은 물건을 만들 수는 없을 것이다.

"여자한테는 평생 한 번뿐인 일이야. 어중간한 물건으로 해결하려 하다니, 그러니까 그 녀석은 바보인 거야."

벤 할멈은 여전히 손자에게 매서웠다.

"아버지도 할머니도…… 형의 결혼을 반대할 생각은 없구나?"

"너는 반대인가?"

"아니, 그러니까 현실미가 없어서……."

"반대할 이유도 없잖아."

당황하는 아들에게 랜돌프가 대답했다.

"마인족은 아이를 갖기 어려운 종족이라고는 하지만, 너랑 프리다 사이에 둘째도 생겼어. 후계 문제로 고민할 필요도 없지. 데일이 그것 때문에 망설일 필요는 없어."

데일은 당주 가문의 후계자 자리를 정식으로 남동생에게 넘기고 바깥세상으로 나갔지만, 만에 하나 요르크에게 무슨 일이 생긴다면 그를 다시 불러들일 가능성이 없지는 않았다. 하지만 그 가능성도 요르크에게 아이가 생기면서 상당히 낮아졌다.

만약 데일이 여전히 당주 가문의 후계자인 채였다면 임신율이 낮은 이종족과의 혼인을 랜돌프와 벤델가르드도 기꺼이 찬성할 수는 없었으리라. 근심 없이 축복할 수 있는 것도 데일이 바깥으로 나갔기에 가능한 결과였다.

"그리고 데일이 그렇게나 『특별』한 존재를 만든 적은 지금껏 없었잖아. 그 아가씨를 놓아준다면 그 녀석은 또 살기 힘든 방식으로 살아갈지도 모르니까."

그런 대화를 했던 것을 요르크는 떠올리고 있었다.

"오랜만이에요, 요르크 씨."

요르크 앞에는 그렇게 말하며 웃는 라티나가 있었다.

현재 요르크는 견문을 넓히는 의미도 담아 벤 할멈의 대리로서 왕도의 『주황의 신』 신전에 사자로 갔다가 돌아오는 길이었다.

데일과 달리 여행이 익숙하지 않은 요르크는 티스로우에 드나드는 대상과 도중까지 함께 왔다. 그들과 일단 헤어지고 왕도로 가서 볼일을 끝낸 요르크는 다시 대상과 합류하여 고향으로 돌아가게 된다. 왕도로 향할 때는 상대방과의 약속도 있어서 크로이츠에 들를 시간이 없었으나, 돌아가는 여행을 위해 대상과 합류할 때까지는 아직 시간적 여유가 있었다. 그래서 형인 데일을 만나려고 그가 거점으로 삼고 있는『춤추는 범고양이』로 걸음을 옮긴 것이었다.

화려하고 당당한 왕도의 모습에도 놀랐지만 크로이츠의 활기 넘치는 분위기에도 압도당할 것 같았다. 평온하게 시간이 흐르는 깊은 산속의 고향과는 모든 것이 달랐다.

거기서 요르크를 맞이한 것은 도회지 속에서도 한층 빛나는 미소를 지은 아름다운 소녀였다.

"그래…… 형은?"

동요해서 요르크는 인사도 대충 하고 형의 행방을 묻고 말았지만 라티나는 기분 상한 모습도 없이 생긋 웃은 채 그를 자리로 안내했다.

"데일이라면 오늘도 일 때문에 마을 밖으로 나갔어요. 급한 용무라면 부르러 갈까요?"

대답한 라티나의 발치에서는 새끼 천상랑이 살랑살랑 꼬리를 흔들고 있었다. 당주 후계자로서 정규 교육을 받는 중에『티스로우』와 공존 관계에 있는 환수에 관해서도 들었지만 왜 그것이 여기에 있는지 그 이유까지는 요르크가 알 수 없는 일이었다.

"아니…… 이 마을에는 며칠 체재할 예정이니까 서두를 필요는 없어."

"그런가요. 그럼 여관은 정하셨나요? 이 마을에는 그다지 질이 안 좋은 여관도 많거든요. 아직 정하지 않으셨다면 방도 준비할게요."

그렇게 말하고 케니스가 가져온 다기를 받아 요르크 앞에 놓은 그녀는 이미 『어린 소녀』가 아니었다.

『묘령의 여성』이라고 하기에는 조금 어린 느낌을 주기는 하지만 때물을 벗은 세련된 동작에도, 아름다움과 사랑스러움이 공존하는 얼굴에도, 성인 여성으로서의 분위기가 감돌았다.

몸매에서도 앳된 모습은 사라지고 매혹적인 곡선을 그리고 있다는 것을 옷 위로도 알 수 있었다.

"아……."

새삼스러웠지만 요르크는 거기서 이해했다.

처음 만났을 때의 어린 소녀 이미지가 너무 강해서 완전히 잊어버리고 있었지만 몇 년이 지나면 소녀는 어른이 된다.

너무나도 당연한 그 사실을 할머니와 부모님은 확실하게 파악하고 있었을 것이다.

"아……?"

갸웃, 고개를 기울이는 행동은 어릴 때부터 변함없는 동작이었다. 그렇기에 주위를 사로잡는 그녀의 매력이 줄어들지 않았음도 엿볼 수 있었다.

"아니, 아무것도 아니야. 여관도 아직 정하지 않았으니 묵을 수 있게 해준다면 고맙지."

"네. 이곳 요리는 크로이츠에서도 제일가니까 적극 추천해드려요."

라티나는 그렇게 말하고 웃은 뒤 가게 주인인 리타에게 그 취지를 보고하러 갔다.

"형은 얼굴을 밝히는 사람이었구나."

"오랜만에 만나서 느닷없이 그게 무슨 소리야?"

귀가한 데일을 맞이한 동생은 첫마디로 그렇게 말했다.

고향에 보냈던 편지 건도 있어서 데일은 동생 상대로 그 이상 화내는 일 없이 살짝 얼굴을 붉히고 요르크 앞에 앉았다.

"일부러…… 대답을 가져온 거야?"

데일이 목소리를 낮추고 묻자 요르크는 간단히 고개를 내저었다.

"아니. 다른 일 때문에 나왔다가 겸사겸사 들렀을 뿐이야."

"뭐?"

"그러니까, 할머니의 대리로 일을 끝내고 돌아가는 길에 형 모습을 보러 왔을 뿐이라고."

"어, 잠깐……! 내가 보낸 편지의 대답은……?!"

"데일, 왜 그래? 갑자기 큰 소리를 내고."

"라…… 라티나! 아무것도, 아무것도 아니야. 걱정하지 마!"

"흐응?"

이상하다는 얼굴로 고개를 갸웃하면서도 라티나는 들고 있던 그릇을 그들 앞의 테이블에 놓아 갔다.

"데일, 요르크 씨랑 같이 저녁 먹을 거지? 술은 어떻게 할 거야?"

"어? 아아. 요르크 취향에 맞춰줘."

"알겠어."

라티나가 일부러 데일에게 물어본 것은 그가 일상적으로 마시는

술이 희석한 와인이기 때문이었다. 요르크의 취향을 듣고 케니스의 조언을 받아 고른 술병과 술잔 두 개를 늘어놓았다.

"응……?"

차려진 요리 중 몇 가지가 낯익은 것을 보고 요르크가 소리를 냈다.

옆에 있는 형을 보니 동생의 의문을 알아차렸는지 접시를 가리키며 웃었다.

"라티나겠지. 엄마한테 배워 왔는지 가끔 만들어주거든."

그것들은 그들 고향의 향토 요리라고 해야 할 음식이었다. 라반드국의 일반적인 문화와는 다른 문화를 지닌 그들의 고향은 식사에서도 그 차이가 나타났다.

그 요리들을 먹고 요르크는 긴 여행 동안 보존 식품과 익숙하지 않은 식사만 하면서 자신이 완전히 고향의 맛에 굶주려 있었음을 깨달았다.

"……."

"뭐야."

"아니, 딱히."

술잔을 입으로 가져가며 요리를 집던 데일은 동생의 시선에 눈썹을 찡그렸다. 하지만 요르크는 깊이 언급하지 않았다.

'……완전히 위를 장악당했구나…….'

고향에서 엄마가 만드는 맛과는 살짝 다르다는 것을 형은 알고 있을까 하고 요르크는 내심 탄식했다.

이것은 형의 취향이었다. 단맛을 살짝 억제한 것을 좋아하는 형에게 맞춰서 만들어져 있었다.

그래도 고향의 맛인 것은 틀림없었고, 이 모습만 봐도 그녀가 형을 소중히 여기고 있다는 것 역시 알 수 있었다.

사이좋게 지내고 있는 모양이었다.

이렇게나 아름답게 성장한 그녀가 형을 사랑해주며, 두 사람이 서로를 마음에 품고 있다면 동생으로서 불평할 이유는 없었다.

원래부터 요르크도 두 사람의 결혼에 반대하지는 않았다.

다만 복잡했을 뿐이었다.

"형수님인가……."

"응? 뭔가 말했어?"

"딱히. 아무것도 아니야."

형의 아내가 된다면 자신보다도 열 살은 더 어린 그녀는『형수님』이 되었다.

그 사실에『동생』으로서 조금 복잡한 심경이 들었다.

그렇기에 결정되어 있는『대답』을 미루는 정도는 골탕 수준도 아니었다. 형은 한동안 더 애태우라고 하자.

요르크는 그렇게 결론짓고 순한 레드와인을 입에 머금었다.

■작가 후기

「빵과 치즈뿐인 식탁을 묘사해도 재미없으니 음식 관련 설정은 애매하게 하겠습니다.」라고 인터넷에서 연재 초기 단계에 분명히 밝힌 저입니다.

많은 분께는 안녕하세요, 혹시 어쩌면 처음 뵙겠습니다. CHIROLU라고 합니다. 이번에 이렇게 졸작『우리 딸을 위해서라면, 나는 마왕도 쓰러뜨릴 수 있을지 몰라』4권을 골라주셔서 진심으로 감사합니다.

이 작품은 판타지라는 공상 세계를 무대로 삼고 있습니다만 역시 자신의 실제 체험을 섞으며 집필하고 있습니다.

무심코 스마트폰 화면을 들여다보는 일이 많은 작금이지만, 뭔가 심금을 울리는 것을 간과하지 않도록 주의하며 지내고 싶다고도 생각하는 나날입니다.

음식 묘사도 실제 체험이 크게 반영됩니다.

한때 제빵에 빠졌던 적이 있습니다. 숙달에는 이르지 못했지만 스트레스 발산으로 빵 반죽을 내동댕이치고 싶다는 욕구를 만족시킬 수는 있었습니다. 과일로 만드는 천연 효모 등도 신경 쓰이기는 했으나 근성이 게으른 저입니다. 발효가 아니라 부패 방향으로 진행될 것을 간단히 예측할 수 있었기에 위험에는 발을 들이지 않기로 했습니다.

제 직장 주변은 도쿄 내에서도 빵집이 많은 지역이라서 의미도 없이 어슬렁어슬렁 돌아다니는 것도 자주 하는 행동입니다. 독일빵 전문점 등, 꾸미지 않은 상품의 모습을 떠올리며 키보드를 두드리기도 합니다. 그냥 먹으면 그저 그런 빵에 치즈를 곁들이자 맛이 극적으로 바뀌는 것을 느꼈을 때, 이건 그렇게 먹기 위한 빵이구나 납득하기도 했습니다.

작중 『딸』이 먹는 빵은 어떤 맛인가 하는 점은 누구보다도 집필자인 제가 가장 궁금해하고 있을지도 모릅니다.

힘써주신 관계자분들. 매 권 변화하는 『딸』을 사랑스럽게 그려주신 케이 님. 그리고 무엇보다도 수많은 작품 중에서 이 작품을 골라주신 여러분께 진심으로 감사드릴 따름입니다.

조금이나마 『우리 딸』을 보며 마음이 따뜻해지셨기를 바랍니다.

2016년 6월 CHIROLU

우리 딸을 위해서라면, 나는 마왕도 쓰러뜨릴 수 있을지 몰라. 4

1판 1쇄 발행 2017년 4월 10일
1판 6쇄 발행 2020년 1월 15일

지은이_ CHIROLU
일러스트_ Kei
옮긴이_ 송재희

발행인_ 신현호
편집장_ 김은주
편집진행_ 김기준 · 김승신 · 원현선 · 권세라
편집디자인_ 양우연
국제업무_ 정아라 · 전은지
관리 · 영업_ 김민원 · 조은걸 · 조인희

펴낸곳_ (주)디앤씨미디어
등록_ 2002년 4월 25일 제20-260호
주소_ 서울시 구로구 디지털로 26길 111 JnK디지털타워 503호
전화_ 02-333-2513(대표)
팩시밀리_ 02-333-2514
이메일_ lnovelpiya@naver.com
L노벨 공식 카페_ http://cafe.naver.com/lnovel11

ISBN 979-11-278-4092-1 04830
ISBN 979-11-278-2428-0 (세트)

값 9,800원

거미입니다만, 문제라도? 1~3권

바바 오키나 지음 | 키류 츠카사 일러스트 | 김성래 옮김

분명히 여고생이었을 텐데 정신을 차리고 보니
「나」는 본 적도 없는 곳에서 《거미》라는 괴물로 전생해버렸다?!
어미 거미의 동족 포식을 피해 도망쳤지만 방황 끝에 도착한 곳은 괴물들의 소굴.
독개구리, 왕뱀, 거대 늑대, 심지어 용까지 설치고 다니는 최악의 던전.
힘없는 조그만 거미인 「나」는 이곳에서 무사히 살아갈 수 있을 것인가……?
으악, 되도 않는 소리는 작작 하란 말이야!
나를 이런 상황으로 몰아넣은 놈 누구야! 당장 튀어나와!!

수많은 인터넷 독자들이 응원하는
거미양의 서바이벌 생활, 당당히 개막!

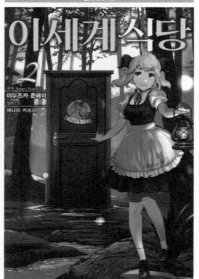

고블린 슬레이어 1권

카규 쿠모 지음 | 칸나즈키 노보루 일러스트 | 박경용 옮김

"나는 세상을 구하지 않아. 고블린을 죽일 뿐이다."
그 변경의 길드에는 고블린 토벌만 해서
은 등급까지 올라간 희귀한 모험가가 있다…….
모험가가 되어 처음 짠 파티가 괴멸하고 위기에 빠진 여신관.
그때 그녀를 구해준 자가 바로 고블린 슬레이어라 불리는 남자였다.
그는 수단을 가리지 않고, 수고도 마다치 않으며 고블린만을 퇴치한다.
그런 그에게 여신관은 휘둘려 다니고, 접수원 아가씨는 감사하며,
소꿉친구인 소치기 소녀는 기다린다.
그런 가운데 그의 소문을 듣고서 엘프 소녀가 의뢰를 하러 나타났다―.

압도적 인기의 Web 작품이 드디어 서적화!
카규 쿠모 × 칸나즈키 노보루가 선물하는 다크 판타지, 개막!

라이트노벨의 새로운 빛! L노벨의 신간은 매월 10일에 발매됩니다. http://cafe.naver.com/lnovel11